Le Livre de Poche

Jeunesse

YVAIN,
LE CHEVALIER AU LION

Qui est l'auteur ?

Anne-Marie Cadot-Colin est née à Paris. Elle enseigne depuis plus de trente ans la langue et la littérature du Moyen Âge à l'université de Bordeaux. Ses recherches l'amènent à se spécialiser dans les romans d'inspiration celtique et tout particulièrement le cycle des romans du Graal. Son espoir : communiquer à ses étudiants sa passion pour le roman médiéval.

ANNE-MARIE CADOT-COLIN

d'après CHRÉTIEN DE TROYES

YVAIN, LE CHEVALIER AU LION

HACHETTE
Jeunesse

Prologue

Ma dame, la comtesse de Champagne, veut que j'entreprenne de faire un nouveau roman. Elle m'a demandé, à moi Chrétien de Troyes, d'écrire un beau récit d'aventure et d'amour, qui puisse plaire aux dames et aux seigneurs de sa cour. Je mettrai donc tout mon art, ma sagesse et ma peine dans cet ouvrage, pour satisfaire cette noble dame, qui brille parmi les autres femmes, comme le diamant parmi les perles.

L'histoire que j'ai choisie ne se passe point aujourd'hui. De nos jours, en effet, personne ne sait plus ce que c'est que d'aimer : l'amour est un sujet de plaisanterie. Au temps du roi Arthur, le chevalier qui avait donné son cœur à une dame ne le reprenait jamais, et cet amour courtois[1] durait toute sa vie.

Arthur, le noble roi de Bretagne, était si preux[2] et courtois[3] qu'il avait rassemblé à sa cour les meilleurs chevaliers. Ils parcouraient le monde en quête d'aventure et, aux grandes fêtes, ils se retrouvaient avec le roi autour de la Table ronde. Là, chacun racontait ce qu'il lui était arrivé : parfois des combats terribles, quand il fallait affronter des adversaires redoutables ou des monstres effrayants, parfois des histoires d'amour. Les dames et les demoiselles de la cour d'Arthur aimaient beaucoup ces récits, et chaque chevalier tentait, par ses brillants exploits, de conquérir le cœur de la dame dont il était amoureux.

Je vais donc vous raconter l'histoire d'un chevalier de la Table ronde, Yvain ; vous apprendrez comment et dans quelles aventures il gagna le surnom de Chevalier au Lion. Nobles seigneurs et char-

---

1. *Amour courtois* : idéal de l'amour dans la littérature du Moyen Âge. Le chevalier doit aimer sa dame d'un amour absolu et unique, et la servir en toutes circonstances.
2. Un *preux* chevalier est vaillant, courageux : il fait des *prouesses*.
3. Un chevalier *courtois* doit faire preuve des qualités morales et sociales qui le rendent digne de vivre à la *cour* : générosité, noblesse, politesse, mesure, respect des autres et en particulier des femmes.

mantes dames, cette histoire vaut la peine d'être écoutée. Ouvrez donc bien grand vos oreilles et vos cœurs ! L'oreille ne suffit pas, car la parole y arrive comme le vent qui vole : elle ne peut y demeurer. Si le cœur n'est pas ouvert pour la saisir et s'en emparer, elle s'envolera, et ce sera grand dommage, car mon histoire est pleine d'enseignement. Elle vous apprendra beaucoup sur l'amour, comment on le gagne et comment on le perd, si l'on n'y prend point garde.

1. La cour du roi Arthur

Cette année-là, le roi Arthur avait réuni sa cour à Cardueil, au pays de Galles, pour la fête de Pentecôte[1]. Les réjouissances furent magnifiques. [illegible] d'un [illegible] de [illegible] chevaliers, barons et [illegible] [illegible] les [illegible] [illegible] et [illegible].

[illegible]

[1]. [illegible]

1

À la cour du roi Arthur

Cette année-là, le roi Arthur avait réuni sa cour à Carduel, au pays de Galles, pour la fête de Pentecôte[1]. Les réjouissances furent magnifiques, comme il convenait à un illustre roi : il y avait là de nombreux chevaliers, hardis et redoutables, ainsi que des dames et des demoiselles ravissantes et nobles.

Après le festin, à travers les salles, chevaliers et dames formèrent de petits groupes pour bavarder et entendre les histoires que les uns ou les autres

1. Fête située cinquante jours après Pâques, dans le calendrier chrétien, donc au mois de mai ou juin.

avaient à raconter. Mais à leur surprise à tous, le roi se retira pour se reposer, et la reine le suivit dans ses appartements. Dehors, devant la porte de la chambre, se tenait un petit groupe avec Keu, le sénéchal[1], et monseigneur Gauvain. Il y avait là aussi Sagremor et Dodinel, ainsi que monseigneur Yvain et son cousin Calogrenant. Ce Calogrenant, un chevalier très aimable, avait alors commencé le récit d'une aventure qui, disait-il, avait tourné non à son honneur, mais à sa honte. C'est à ce moment-là que la reine sortit de la chambre et vint se joindre silencieusement au petit groupe qui écoutait.

Personne ne la vit, sauf Calogrenant qui, sautant sur ses pieds, se leva vivement à son approche. Le sénéchal Keu, qui ne perdait jamais une occasion de railler les uns et les autres par ses propos venimeux, l'interpella :

— Par Dieu, Calogrenant, comme vous voilà agile, et prompt à sauter en l'air pour honorer ma dame ! Aucun doute, vous êtes plus courtois que nous tous ! Vous le croyez du moins, j'en suis certain, tellement vous manquez de bon sens. Quant à la reine, elle va penser que c'est par paresse ou

---

1. Seigneur important dans la cour d'un roi, le *sénéchal* a la charge de l'intendance et des expéditions militaires.

par négligence que nous ne nous sommes pas levés, et elle vous accordera le prix de courtoisie.

— En vérité, Keu, intervint la reine, vous auriez risqué d'éclater si vous n'aviez pas pu vous vider du venin dont vous êtes plein ! Vous êtes odieux, de chercher toujours ainsi querelle à vos compagnons.

— Dame, rétorqua le sénéchal, je n'ai rien dit qu'on puisse me reprocher, prolonger la dispute serait inutile. Mais si nous ne gagnons rien à votre compagnie, veillez du moins à ce que nous n'y perdions point. Faites-lui continuer le récit qu'il avait si bien commencé.

Calogrenant intervint alors :

— Dame, je ne m'inquiète point de cette querelle. On ne peut empêcher le fumier de puer, ni les taons de piquer... ni monseigneur Keu de dire des injures. Il en a dit mille fois à des chevaliers plus illustres que moi, et je me soucie peu de l'affaire. Mais, de grâce, ne m'imposez pas de raconter la suite de cette aventure, car il m'est pénible d'en parler.

— Allons, Calogrenant, fit Keu, ne nous privez pas du récit de vos exploits ! Nous désirons savoir la suite, et je suis sûr que ma dame insistera pour la connaître.

— Calogrenant, dit la reine, ne vous souciez pas des propos venimeux de Keu. Il ne pense qu'à dire des méchancetés, comme à son habitude. Mais ne refusez pas, à cause de lui, de raconter une histoire digne d'intérêt. Faites-le par amitié pour moi.

— Dame, je craindrais trop de vous fâcher, mais sachez bien qu'il m'en coûte beaucoup. Je vais donc raconter cette aventure, puisque cela vous fait plaisir.

Calogrenant reprit ainsi son récit :

— Voilà ce qui m'arriva, il y a plus de six ans : je cheminais tout seul, à la recherche d'aventures, équipé de toutes mes armes, comme le doit un chevalier. Je trouvai sur ma droite un chemin, qui me conduisit au cœur d'une forêt épaisse : c'était la forêt de Brocéliande[1]. Le sentier était difficile, plein de ronces et d'épines, et je le suivais à grand-peine. Finalement, je sortis de la forêt pour pénétrer dans une lande ; là, je vis un petit château à une demi-lieue[2], et je me hâtai au trot dans sa

---

1. Dans les légendes celtiques, la forêt de *Brocéliande* apparaît comme un lieu magique, demeure de fées ou d'enchanteurs. On peut donc s'attendre à y rencontrer des aventures prodigieuses. Au Moyen Âge, elle était célèbre pour une source bouillonnante qui déclenchait la tempête, la fontaine de Barenton. De nos jours, on l'identifie à la forêt de Paimpont, en Bretagne française.

2. Unité de distance utilisée au Moyen Âge. Une *lieue* fait environ quatre kilomètres.

direction. Il était entouré d'une palissade et d'un large fossé ; sur le pont-levis se tenait son propriétaire, avec sur son poing un épervier[1] dressé pour la chasse. À peine l'avais-je salué qu'il s'empressa de m'accueillir, en m'aidant à mettre pied à terre. J'avais bien besoin d'un logis pour le soir, et le vavasseur[2] ne cessait de bénir ma venue. Il me fit entrer dans la cour, et là, il frappa trois coups sur un gong[3] en cuivre. Ce son fit sortir tout le monde de la maison ; les serviteurs s'occupèrent de mon cheval. Je vis alors venir vers moi une belle jeune fille de noble allure. C'était la fille du seigneur. Avec grâce et adresse, elle me désarma et me revêtit d'un précieux manteau[4] bleu fourré. Je restai seul avec elle, ce qui ne me déplaisait pas, car elle était ravissante à contempler. Elle m'emmena m'asseoir dans un très joli petit jardin et me tint compagnie jusqu'à l'heure du souper. Après un repas parfait, que nous prîmes avec sa fille, le vavasseur me dit qu'il y avait bien longtemps qu'il

1. Au Moyen Âge, on chasse souvent le petit gibier à l'aide d'oiseaux de proie dressés (épervier, faucon, etc.). Seuls les nobles ont le droit d'en posséder : c'est donc un signe de distinction, de richesse.

2. Le *vavasseur* est un chevalier de la petite noblesse.

3. Le *gong* est un disque de métal suspendu ; on le frappe avec un maillet pour en obtenir un son puissant, servant souvent à appeler, à rassembler les gens.

4. Sorte de grande cape sans manches, le *manteau* est un vêtement d'apparat souvent porté à l'intérieur.

n'avait hébergé un chevalier errant en quête d'aventure. Il me pria, à mon retour, de repasser par sa demeure, et j'acceptai bien volontiers. Le lendemain matin, dès le point du jour, je me levai après une excellente nuit ; je pris congé de mon hôte et de sa fille et pris la route sur mon cheval.

» À peu de distance du château, j'arrivai dans une clairière[1]. Là, je trouvai des taureaux sauvages en train de se battre avec une violence terrible. Ces bêtes farouches et indomptables faisaient un tel vacarme que, je dois bien l'avouer, je reculai d'un pas, saisi de peur : aucun animal n'est plus dangereux et féroce qu'un taureau ! J'aperçus alors, assis sur un tronc d'arbre, un paysan à la peau sombre comme un Maure[2] : il était d'une laideur et d'une taille stupéfiantes. Il faisait bien dix-sept pieds[3] de haut et avait une tête énorme, plus grosse que celle d'un cheval, des cheveux noirs hérissés et un front pelé. Ses oreilles étaient poilues et grandes comme celles d'un éléphant, et ses

---

1. Au Moyen Âge, les forêts sont encore très étendues et épaisses, et l'on est obligé de défricher (couper les arbres, ôter les broussailles) pour obtenir des *clairières*, endroits dégagés où l'on pourra pratiquer l'agriculture ou l'élevage.

2. À cette époque, on nomme *Maures* ou *Sarrasins* les peuples musulmans venus d'Afrique, à la peau sombre ou basanée.

3. Unité de mesure utilisée au Moyen Âge (et encore actuellement en Grande-Bretagne), le *pied* vaut environ trente centimètres. Le paysan mesurerait donc plus de cinq mètres.

sourcils touffus. Avec cela, une face large et plate, des yeux de chouette, un nez de chat, une bouche fendue comme la gueule d'un loup, de grandes dents jaunes et pointues comme un sanglier. Il était bossu et se tenait appuyé sur sa massue, dans un étrange habit : le vêtement n'était fait ni de laine ni de lin, mais seulement de deux peaux de bêtes, taureaux ou bœufs, attachées à son cou.

» Me voyant approcher, le paysan sauta sur ses pieds. Voulait-il porter la main sur moi ? Je me préparai à me défendre. Pourtant il resta immobile, debout sur son tronc d'arbre ; il me regardait sans dire un mot, comme l'aurait fait une bête. Je crus qu'il ne savait ni raisonner ni parler. Je m'enhardis cependant à lui demander :

» — Hé, dis-moi donc, es-tu ou non une bonne créature[1] ?

» — Je suis un homme !

» — Quel genre d'homme es-tu ?

» — Tel que tu me vois.

» — Et que fais-tu ?

» — Je reste là, et je garde ces bêtes dans le bois.

» — Tu les gardes ? Mais ce sont des bêtes sau-

1. Devant cet être monstrueux, Calogrenant se demande s'il a affaire à un homme, créature de Dieu (*bonne créature*), ou à un démon, créature du Diable.

vages ! Elles n'ont jamais connu l'homme, et l'on ne peut les garder sauf dans un enclos.

» — Et pourtant, je suis leur gardien et je les gouverne. Aucune ne peut s'échapper.

» — Et comment fais-tu ?

» — Elles n'osent même pas bouger, quand elles me voient venir. Si j'en attrape une, je la saisis par les cornes avec mes deux poings puissants, et toutes les autres tremblent de peur et se rassemblent autour de moi comme pour demander grâce. Mais je suis le seul à pouvoir les approcher : tout autre se ferait tuer aussitôt. C'est ainsi que je suis le seigneur de mes bêtes. Mais toi, à ton tour, dis-moi qui tu es et ce que tu cherches.

» — Je suis, tu le vois bien, un chevalier, et ce que je cherche, je ne le trouve pas. J'ai beaucoup cherché sans rien trouver.

» — Et que voudrais-tu trouver ?

» — Des aventures, pour mettre à l'épreuve ma vaillance et mon courage ! Pourrais-tu m'indiquer, je t'en prie, une aventure ou un prodige ?

» — Pour cela, n'y compte pas. Je ne connais rien aux aventures, je n'en ai même jamais entendu parler. Mais si tu voulais aller jusqu'à une fontaine toute proche, je crois que tu n'en reviendrais pas sans peine, ni sans payer ton passage : il faudrait faire exactement ce qui est prescrit. Tu vas trouver tout près d'ici un sentier ; prends garde de ne pas t'égarer et suis-le tout droit. Tu arriveras à la fontaine. Elle bout à gros bouillons, et pourtant elle est froide comme le marbre. Un arbre magnifique lui donne de l'ombre, le plus beau qui fut jamais au monde. Il ne perd jamais ses feuilles, même en hiver. Un bassin de métal y est suspendu, au bout d'une longue chaîne qui va jusqu'à la fontaine. Tu trouveras à côté un perron[1], que je ne saurais te décrire, tellement il est prodigieux, et aussi une chapelle, petite, mais très belle. Écoute bien : si tu prends de l'eau avec le bassin et que tu la verses sur le perron, une terrible tempête se déchaînera. Pas une bête ne restera dans le bois : chevreuils, daims, cerfs et sangliers prendront la fuite. Même les oiseaux s'échapperont, car tu verras les arbres se briser sous l'assaut du vent, de la pluie et de la foudre. Si tu arrives à t'en sortir sans grands dommages, tu auras eu plus de chance qu'aucun autre chevalier qui y soit jamais allé.

» Je quittai alors le gardien et pris le sentier indiqué. Il était presque midi quand j'aperçus la

1. Le *perron* est, au Moyen Âge, un gros bloc de pierre (et non pas, comme en français moderne, un escalier de quelques marches devant une maison).

chapelle et l'arbre. C'était un pin, le plus beau qui ait jamais poussé sur terre. Il était si touffu qu'aucune goutte de pluie n'aurait pu le traverser. Je vis le bassin d'or fin suspendu à l'arbre. Quant à la fontaine, elle bouillait comme de l'eau brûlante. Le perron était taillé dans une seule émeraude et soutenu par quatre rubis flamboyants, plus vermeils qu'un soleil levant. Vous pouvez me croire, tout ce que je rapporte est vrai ! J'eus alors le désir de voir le prodige de la tempête. Quelle folie, quand j'y pense maintenant ! Dès que j'eus arrosé le perron avec l'eau puisée dans le bassin, je vis le ciel noir de nuages se déchirer et la foudre tomber en quatorze endroits à la fois ! C'était un déchaînement : les éclairs m'aveuglaient, les nuages en furie jetaient neige, pluie et grêle. Je pensai mourir, frappé par la foudre ou écrasé par les arbres qui se brisaient à côté de moi. Mais grâce à Dieu, la tempête ne dura pas et les vents se calmèrent. L'air redevint pur et clair, et je fus rassuré. C'est alors que les oiseaux revinrent ; ils se rassemblèrent et se perchèrent sur toutes les branches du pin. Ils se mirent à chanter leur joie en chœur : chaque mélodie était différente et pourtant elle s'accordait avec celle des autres en une harmonie parfaite. Leur chant remplit mon cœur d'une joie inexprimable, telle que je n'en avais jamais connue.

» Je restais là immobile à les écouter, quand tout à coup j'entendis venir une troupe de chevaliers. Ils devaient bien être dix, vu le vacarme qu'ils faisaient. Mais non, il n'y avait là qu'un seul chevalier ! À sa vue, je remontai sur mon cheval sans tarder. Plein de rage, il fonça vers moi comme un aigle sur sa proie et, hurlant de toutes ses forces, il me lança son défi[1] :

» — Vassal[2], vous m'avez gravement offensé, sans même me lancer un défi avant de m'attaquer, comme vous auriez dû le faire ! Vous m'avez causé un grand dommage : c'est mon bois que je vois ici abattu. Je porte plainte à juste titre, car vous m'avez obligé à sortir de mon château qui menaçait de s'effondrer. Ni rempart ni mur n'aurait pu résister. Vous êtes mon ennemi, et vous allez payer cher le mal que vous m'avez fait !

» À ces mots, nous nous précipitâmes l'un contre l'autre, chacun se protégeant au mieux de son écu. Le chevalier avait un bon cheval et une lance solide. Il était plus grand que moi et, aussi

---

1. Un combat loyal est toujours précédé d'un *défi*, au cours duquel sont exposés les motifs de l'attaque.

2. Le terme de *vassal*, pour s'adresser à quelqu'un, est en général insolent ou agressif.

bien pour la taille que pour le cheval, j'étais désavantagé. Je dis la vérité, croyez-moi, pour atténuer un peu ma honte. Je frappai aussi fort que je le pus, et lui donnai un grand coup, qui l'atteignit au milieu de son écu. Ma lance vola en éclats et la sienne resta intacte. Le chevalier m'en donna un tel coup qu'il me jeta à bas de mon cheval et m'aplatit à terre. Il me laissa vaincu et humilié, sans m'accorder un regard. Il emmena mon cheval et rentra chez lui. Complètement perdu, je restai là, plein d'angoisse et de honte. Je m'assis à côté de la fontaine. Que faire ? Suivre le chevalier ? Ç'aurait été une folie, je ne savais même pas quel chemin il avait pris. Finalement, je pensai à la promesse faite à mon hôte, de revenir en passant chez lui. C'est ce que je décidai de faire, mais je dus ôter mes armes pour cheminer plus à l'aise, et c'est ainsi que je revins, tout honteux. Quand j'arrivai à la nuit chez le vavasseur, je le trouvai pareil à lui-même, aussi aimable et accueillant qu'à l'aller. Ni sa fille ni lui ne semblaient moins heureux de me voir. Ils m'accordèrent les mêmes marques d'estime et m'assurèrent qu'aucun homme, à leur connaissance, n'avait réchappé de l'épreuve sans être tué ou emprisonné.

» Voilà donc mon aventure. C'était une vraie folie, qui a tourné à ma honte, et c'est une autre folie de vous l'avoir racontée.

2

Yvain à la fontaine

À peine Calogrenant avait-il terminé son récit que monseigneur Yvain s'écria :

— Par ma foi, Calogrenant, vous êtes mon cousin germain, et j'ai beaucoup d'affection pour vous. La vraie folie, c'est de m'avoir caché si longtemps cette aventure ! Ne m'en veuillez pas si je parle de folie car, si je peux, j'irai venger votre honte au plus vite.

Keu ne pouvait laisser passer cette occasion de répandre son venin.

— On voit bien que vous avez vidé plus d'une coupe à ce festin ! C'est le vin qui rend les chevaliers audacieux ! Après un repas bien arrosé, chacun se propose d'aller tuer Saladin[1]. Dites-moi, monseigneur Yvain, votre équipement est-il déjà préparé ? Pas une pièce d'armure, pas une bannière[2] ne manque ? Partez-vous ce soir ou demain ? Quand vous irez à cette épreuve, dites-le-nous, car nous tenons à vous escorter.

— Avez-vous perdu la tête, Keu, s'écria la reine, que votre langue ne s'arrête jamais ? Maudite soit cette langue, qui ne cesse de dénigrer : elle vous fait détester partout. Vous recevrez un jour la punition de toutes ces méchancetés.

— Dame, intervint alors Yvain, sachez que toutes les moqueries de Keu me laissent froid. Je ne veux pas me quereller ni répondre à ses provocations, et ressembler à un chien hargneux qui se hérisse et grogne quand un autre lui montre les dents.

Pendant qu'ils parlaient ainsi, le roi Arthur sortit de sa chambre où il avait fait une longue sieste. Les barons[3] se levèrent à son arrivée, mais il les fit

---

1. *Saladin* est le nom donné en Occident à Salah al-Din, sultan du XIIe siècle qui reprit Jérusalem aux croisés. C'est le type même de l'ennemi redoutable et prestigieux.

2. Sorte de drapeau que l'on attache à sa lance. La *bannière* porte les armoiries (emblèmes) du chevalier et lui permet d'être identifié, ce qui est indispensable puisque son visage est caché par le heaume.

3. Les *barons* sont les chevaliers les plus puissants de la cour, déjà renommés.

rasseoir. Il s'assit à côté de la reine, qui lui répéta fidèlement tout ce qu'avait raconté Calogrenant. Le roi, ayant écouté, fit le serment, sur l'âme d'Uter Pendragon son père, d'aller à la fontaine. Avant quinze jours passés, il déclencherait la tempête et verrait le prodige. Il y ferait étape la veille de la Saint-Jean, avec tous ceux qui voudraient l'accompagner.

Ces paroles furent chaudement approuvées par la cour : tous, aussi bien les barons que les jeunes chevaliers, désiraient fort y aller. Mais au milieu de cette allégresse, monseigneur Yvain faisait triste mine, car il pensait bien s'y rendre tout seul. Si le roi s'y présentait, le droit de livrer le combat serait sûrement accordé à Keu, qui se précipiterait pour l'obtenir, ou bien à monseigneur Gauvain... Cette idée le désespérait !

Yvain prit alors la décision d'y aller sans attendre personne. Il affronterait seul l'épreuve, quoi qu'il en advienne, échec ou réussite. Il serait avant trois jours en Brocéliande. Là, il chercherait jusqu'à ce qu'il trouve le sentier plein de ronces et parvienne à la maison du vavasseur hospitalier et de sa fille. Il arriverait ensuite à la clairière où il verrait les taureaux et leur gardien terrifiant, le grand paysan hideux et bossu, noir comme un forgeron. Il trouverait enfin le perron, la fontaine avec le bassin, et les oiseaux posés sur le grand pin. Il déclencherait alors la pluie et le vent. Tout cela, il le ferait en secret, et l'on verrait bien ce qui en sortirait, la honte ou l'honneur.

Monseigneur Yvain s'esquiva de la cour sans dire un mot à personne et se dirigea vers sa demeure. Là, il fit mettre la selle à son cheval et appela un de ses écuyers[1] à qui il ne cachait rien :

— Je vais sortir tranquillement par la porte, monté sur mon palefroi[2]. Toi, tu me rejoindras plus loin, dans un lieu discret, avec mes armes et mon destrier[3]. Quand tu me les auras donnés, tu reviendras ici avec le palefroi. Mais surtout, prends bien garde à ne rien raconter à qui que ce soit !

— Seigneur, soyez sans inquiétude, personne n'en saura rien par moi. Allez, je vous suivrai bientôt.

Monseigneur Yvain monta aussitôt à cheval, bien décidé à ne pas revenir devant la cour avant d'avoir vengé la honte de son cousin. L'écuyer

1. Jeune noble qui fait son apprentissage de chevalier. Entre autres choses, il apprend à s'occuper des armes et des chevaux de son seigneur.
2. Cheval de promenade ou de voyage, différent du *destrier*, cheval de bataille.
3. Cheval de bataille, rapide et fougueux, dressé pour le combat à la lance. On le ménage et, quand le chevalier ne le monte pas, l'écuyer le mène à côté en le guidant par la main droite (*dextre*).

courut chercher les armes et le destrier. Suivant son seigneur à la trace, il le rejoignit dans un endroit écarté. Là, il l'aida à s'équiper et ils échangèrent leurs chevaux.

Le chevalier ne perdit pas un instant, il chevaucha par les montagnes et par les vallées, à travers les forêts profondes. Il rencontra bien des embûches en franchissant des contrées sauvages et hostiles. Il découvrit enfin le sentier étroit et plein de ronces, dans la forêt ténébreuse. Sûr d'être sur le bon chemin, il pressa son cheval, car son seul désir était de voir la fontaine et son perron, avec le grand pin qui l'ombrageait, et de déclencher la terrible tempête. Mais avant d'y parvenir, il lui fallut passer la nuit chez le vavasseur, où il trouva l'accueil généreux et bienveillant qu'on lui avait laissé prévoir. La jeune fille surpassait encore, en courtoisie et en beauté, tout ce qu'avait pu dire Calogrenant.

Le lendemain, il partit dès l'aube et arriva à la clairière. Là, il découvrit les taureaux et leur gardien, qui lui indiqua le chemin à suivre. Mais il se signa[1] plus de cent fois, dans sa stupéfaction : comment la nature avait-elle pu produire un

1. Faire un signe de croix, pour se mettre sous la protection de Dieu : c'est le geste naturel d'un chrétien au Moyen Âge, devant un être ou un événement surnaturel. Tout prodige, surtout laid ou effrayant, pourrait en effet être l'œuvre du Diable.

monstre aussi hideux ? Après cela, il chevaucha jusqu'à la fontaine, où il trouva tout ce qu'il voulait voir. Sans perdre un instant et sans hésiter, il versa d'un seul coup sur le perron un plein bassin d'eau. Aussitôt la tempête se déchaîna, comme il était prévu. Lorsque Dieu fit revenir le beau temps, les oiseaux se rassemblèrent sur le pin et chantèrent leur joie merveilleuse au-dessus de la fontaine périlleuse. Mais leur concert joyeux fut interrompu par le fracas d'un cheval qui arrivait au galop. Enflammé d'un courroux ardent, le gardien de la fontaine arrivait.

Aussitôt qu'ils se virent, les deux hommes s'élancèrent l'un contre l'autre, animés d'une haine mortelle. Chacun avait une lance solide, et ils se donnaient des coups terribles, perçant les écus, déchirant les hauberts. Les lances rompues furent vite en morceaux sur le sol. Ils s'affrontèrent alors à l'épée. Les écus déchiquetés ne purent bientôt plus les couvrir, car leurs courroies avaient été tranchées. Il leur fallut se battre sans protection : les coups d'épée arrivaient librement sur les bras et les hanches, le sang coulait. Farouchement ils s'affrontaient, solides comme des rocs. Leurs heaumes étaient tout cabossés, et leurs hauberts si déchirés qu'ils ne valaient pas plus qu'un froc[1] de moine pour les protéger ! Les épées menaçaient maintenant leurs visages. Comment une bataille aussi rude pouvait-elle durer aussi longtemps ? Mais les deux adversaires étaient si indomptables que pas un n'avait cédé un pouce de terrain à l'autre. Leurs chevaux étant encore intacts, ils poursuivirent le combat sans mettre pied à terre. À la fin monseigneur Yvain fracassa le heaume du chevalier. Celui-ci resta étourdi et assommé : jamais encore il n'avait reçu un aussi terrible coup. Il avait le crâne fendu, et la cervelle coulait avec le sang jusqu'à tacher son haubert. Se sentant blessé à mort, près de s'évanouir, il prit la fuite vers son château[2]. Dès qu'on le vit, on abaissa le pont-levis et on lui ouvrit toute grande la porte. Monseigneur Yvain, éperonnant son cheval, se rua à sa poursuite ; il le serrait de près, furieux de voir sa victoire lui échapper. S'il ne le prenait pas, mort ou vif, il aurait perdu sa peine. Les railleries de Keu étaient encore toutes fraîches à sa mémoire, et il savait bien qu'à la cour on ne

1. Longue robe de laine portée par les moines.
2. Le mot *château* désigne souvent, au Moyen Âge, un ensemble plus vaste qu'aujourd'hui : il comprend l'ensemble des habitations regroupées à l'intérieur d'une enceinte fortifiée, donc une ville. La demeure du seigneur, au centre, est nommée *tour*, *donjon* ou *palais*.

le croirait pas, s'il ne rapportait pas de véritables preuves de son exploit.

Les voici donc tous deux à la porte du château, où ils pénétrèrent, l'un poursuivant l'autre, sans rencontrer personne. Ils arrivèrent d'un même élan au seuil du palais. La porte était haute, mais le passage étroit : deux hommes ne pouvaient y entrer de front ou se croiser. Elle cachait un piège redoutable : il y avait sous la voûte deux trébuchets[1], qui retenaient en l'air une porte coulissante en fer, aiguisée et tranchante. Il suffisait que quelqu'un effleure ce mécanisme pour qu'aussitôt la porte, libérée, descende et tranche en deux celui qu'elle atteignait. Le chemin entre les deux trébuchets était étroit, et le seigneur, qui le connaissait bien, passa juste où il fallait. Mais monseigneur Yvain, comme un insensé, se précipita derrière lui à bride abattue pour le saisir par l'arçon[2] de sa selle. Ce fut une chance pour lui de s'être ainsi penché en avant, car autrement, il eût été coupé en deux. Le cheval en effet marcha sur le trébuchet de bois, et aussitôt le mécanisme se déclencha : la porte aiguisée comme une lame trancha la

1. Pièces de bois servant de supports.
2. On nomme *arçons* les rebords qui, à l'avant et à l'arrière de la selle, maintiennent en place le cavalier. Ici, il s'agit bien sûr de l'arçon arrière.

selle et l'arrière du cheval. Dieu merci, elle ne toucha pas Yvain, elle s'abattit, rasant son dos, lui tranchant les deux éperons au ras des talons. Il tomba à terre, plein d'effroi : il s'en était fallu d'un rien !

Pendant ce temps, le chevalier, qui était blessé à mort, franchit une seconde porte du même genre, qui retomba aussitôt derrière lui. Voilà monseigneur Yvain prisonnier.

3

Yvain prisonnier

Yvain resta là tout égaré. Il était enfermé dans une grande salle, dont le plafond était orné de clous dorés, et les murs peints de riches couleurs. Mais ce qui le désespérait, c'était d'ignorer où son ennemi avait bien pu passer. Il était donc plongé dans le désarroi, quand il vit soudain s'ouvrir la porte étroite d'une petite chambre, et une demoiselle[1] entrer dans la salle. Elle découvrit monseigneur Yvain et s'alarma pour lui :

1. Entre *demoiselle* et *dame*, il existe une différence de rang social. La *dame* est une femme de haut rang, possédant par elle-même des terres, ou épouse d'un seigneur. La *demoiselle* est noble, mais d'un rang moins élevé. Qu'elle soit mariée ou non, elle fait souvent partie de la *suite* (entourage) de la dame.

— Chevalier, je crains que vous ne soyez pas le bienvenu ici. Si l'on vous aperçoit, vous allez être mis en pièces, car mon seigneur, Esclador le Roux, est blessé à mort, et je sais bien que c'est vous qui l'avez tué. Ma dame est plongée dans la douleur, et ses gens autour d'elle poussent des cris déchirants : ils sont bien près de se tuer de chagrin. Ils savent que vous êtes prisonnier de ces murs, mais ils n'arrivent pas, tant leur peine est grande, à décider s'ils veulent vous tuer ou vous garder captif !

— À dire vrai, aucune de ces deux solutions ne me plaît.

— En effet, dit-elle, et je vais faire tout mon possible pour qu'il en soit autrement. Je vois que vous n'êtes pas trop effrayé, et cela prouve que vous êtes un vaillant chevalier. Sachez que, si je le peux, je vous aiderai, car jadis vous en avez fait autant pour moi. Je m'appelle Lunette[1], et je suis la suivante[2] de la dame de ce château, la noble Laudine. Un jour, ma dame m'avait envoyée porter un message à la cour du roi Arthur ; je ne sais

---

1. *Lunette* signifie « petite lune ». Le nom n'évoque rien d'autre au Moyen Âge, car les *lunettes* (français moderne) n'existent pas encore.

2. Jeune fille noble qui sert de compagne à une dame (de rang plus élevé) : elle fait partie de sa *suite*. La *suivante* est souvent chargée de missions de confiance et ne remplit pas de tâches domestiques : ce n'est pas une servante.

si je manquais de courtoisie ou de raffinement, mais aucun chevalier ne daigna m'adresser la parole, sauf vous qui êtes ici. Vous m'avez traitée avec beaucoup de considération, et vous allez en recevoir la récompense. Je sais bien quel est votre nom : vous êtes Yvain, le fils du roi Urien. Vous pouvez en être sûr, vous ne serez ni capturé ni mis à mal. Prenez cet anneau qui m'appartient, vous me le rendrez lorsque je vous aurai délivré.

Lunette lui tendit alors un anneau, en lui expliquant son pouvoir : si l'on tournait vers l'intérieur la pierre qui y était incrustée, de manière à la serrer dans son poing, on devenait invisible. L'anneau cachait celui qui le portait, comme l'écorce cache le tronc de l'arbre. Il n'avait plus rien à craindre, même au milieu de ses ennemis : personne ne pourrait lui faire de mal. Voilà qui plaisait bien à monseigneur Yvain !

La demoiselle le fit asseoir sur un lit recouvert d'une riche couverture et proposa de lui apporter à manger. Il accepta très volontiers. Elle courut dans sa chambre et revint bien vite, portant un chapon rôti, un gâteau et une nappe, avec un plein pot d'excellent vin. Elle l'invita à prendre ce repas, et Yvain lui fit honneur, car il avait bien besoin de reprendre des forces.

À peine avait-il fini de manger et de boire, que les chevaliers commencèrent à parcourir le château pour retrouver celui qui avait tué leur seigneur. Ils ne pensaient qu'à le venger.

— Vous entendez, dit la demoiselle à Yvain, les voilà tous à votre recherche ! Surtout, ne bougez pas de ce lit, malgré tout le vacarme et le bruit qu'ils pourront faire. La salle va être remplie d'une foule de gens qui vous haïssent à mort. On va sans doute apporter bientôt le corps dans le cercueil. Ils sont bien décidés à vous trouver : ils vont chercher partout, sous les bancs et sous les lits, mais en pure perte. Ils seront fous de rage, si déconfits et si frustrés que vous pourrez bien vous amuser à ce spectacle. Mais je vous laisse, car je n'ose m'attarder davantage. Je remercie Dieu de m'avoir donné l'occasion de vous aider, et de vous rendre ainsi le bien que vous m'avez fait.

Sur ces mots Lunette sortit, laissant la place aux gens du château, qui se précipitèrent vers les deux portes, armés d'épées et de bâtons. Ils avaient vu devant la porte la moitié du cheval tranché en deux, et ils étaient bien sûrs de trouver dedans le cavalier, qu'ils brûlaient de mettre à mort. Faisant lever la porte, ils se ruèrent à l'intérieur, et là, ils trouvèrent l'autre moitié du cheval mort... et rien d'autre ! Ils eurent beau écarquiller les yeux, ils ne virent personne. Ils regardèrent autour d'eux, fous de rage et stupéfaits.

— Comment est-ce possible ? Il n'y a ici ni porte ni fenêtre par où l'on puisse s'évader, à moins de voler comme un oiseau, ou de sauter comme un écureuil ! Les fenêtres ont des barreaux et les portes ont été fermées après le passage de notre seigneur. L'homme doit être là-dedans, mort ou vivant. Tout ce qu'on peut voir, c'est la moitié de la selle et les deux éperons coupés net, qui sont tombés de ses pieds. Cherchons encore dans tous les recoins, car il est encore ici, c'est certain. Il ne peut pas avoir disparu, à moins d'un mauvais tour de magie.

Ils fouillèrent toute la salle comme des enragés, frappant contre les murs, les lits, les bancs. Seul le lit où reposait Yvain ne fut pas touché, car il était vide, de toute évidence. Ils renversèrent bancs et escabeaux pour mieux voir en dessous, et donnèrent des coups avec leurs bâtons, comme le fait l'aveugle qui cherche quelque chose à tâtons.

Pendant qu'ils se démenaient ainsi, entra dans la salle une femme plus belle qu'aucune créature au monde : c'était Laudine, la dame du château.

Elle était accablée de douleur, bien près de se donner la mort à elle-même. Par moments, elle poussait de grands cris, puis elle tombait à terre évanouie. Se relevant ensuite, elle déchirait ses vêtements et s'arrachait les cheveux, comme une femme qui a perdu la tête. Rien ne pouvait la consoler, car devant elle on apportait le corps de son époux, mort, dans son cercueil. Ses cris étaient déchirants : jamais, pensait-elle, son chagrin ne pourrait s'apaiser.

La procession qui accompagnait le corps d'Esclador le Roux s'avança : en tête venaient les religieuses portant la croix, l'eau bénite et les cierges[1], puis les prêtres avec les encensoirs[1] et les missels[1], où ils devaient lire les prières pour l'âme du malheureux défunt. On n'entendait que gémissements et cris de douleur, tant le deuil était grand.

La procession passa, mais au milieu de la salle, il y eut soudain un grand tumulte. Tous les assistants se groupèrent autour du cercueil pour voir ce prodige incroyable : le sang vermeil jaillissait

---

1. Différents objets du culte chrétien sont réunis ici : les *cierges* sont de grandes bougies de cire ; les *encensoirs*, de petits vases de métal où l'on fait brûler de l'*encens* (parfum utilisé depuis l'Antiquité pour les cultes religieux). Les *missels* sont de grands livres contenant des prières et les textes de la *messe* (office principal des chrétiens).

tout chaud de la plaie du mort ! C'était la preuve[1] évidente que le meurtrier se trouvait là, présent dans la pièce. Aussitôt, tous se remirent à chercher, renversant les meubles, fouillant chaque recoin. Sans plus de succès. Monseigneur Yvain, là où il était couché, reçut bien des coups, mais sans bouger d'un pouce ni ouvrir la bouche. Les autres étaient hors d'eux, pleins d'angoisse et de colère à la vue du sang vermeil qui ne cessait de couler des blessures.

— Le meurtrier est ici, et nous ne pouvons le voir. Il y a là diablerie ou magie.

La dame était folle de douleur et criait, dans son délire :

— Va-t-on enfin trouver l'assassin, le traître qui a tué mon vaillant époux ? Seigneur Dieu, tu n'as pas le droit de le laisser s'échapper ! Aide-nous contre lui, écarte le maléfice. C'est un fantôme ou un démon qui s'est introduit ici parmi nous. Si je ne puis le voir, c'est que je suis ensorcelée ! Montre-toi donc, fantôme : tu es bien lâche de te cacher devant moi, alors que tu as affronté mon époux ! Mais comment as-tu pu le vaincre, sinon

1. Il s'agit là d'une croyance fort répandue au Moyen Âge : on pensait que les plaies d'un mort se mettaient à saigner en présence de son meurtrier. C'était à la fois une preuve irréfutable et un appel à la vengeance, car le mort désignait ainsi son meurtrier.

par trahison ? Aucun simple mortel n'aurait pu lui tenir tête, car il n'avait pas son pareil au monde.

Voilà comment la dame s'affligeait et se torturait elle-même. Ses gens étaient en proie à une douleur immense. Ils emportèrent le corps pour l'enterrer. Ils avaient tout fait pour retrouver le meurtrier, mais à la fin, écœurés, ils furent obligés d'abandonner.

Yvain ne resta pas longtemps seul dans la salle. Il vit bientôt revenir Lunette.

— Cher seigneur, lui dit-elle, vous avez subi une véritable invasion ! Ils ont déchaîné une vraie tempête ici, fouillant toutes les caches comme un chien de chasse qui suit à la trace perdrix ou caille ! Vous avez dû avoir une belle peur.

— Ma foi, vous avez raison, je n'en ai jamais eu de telle. Mais, si cela était possible, je voudrais bien regarder dehors par un trou ou par une fenêtre, pour voir la procession et le corps.

En fait, il ne s'intéressait ni au corps ni à la procession. C'était dans l'espoir de revoir la dame du château qu'il faisait cette demande.

La demoiselle l'installa donc à une petite fenêtre et, de là, il put observer la belle dame, qui se lamentait :

— Cher époux, que Dieu prenne en pitié votre âme ! Jamais, je l'affirme, aucun chevalier ne fut votre égal. Personne ne montra autant de belles qualités : vous étiez noble, courageux, courtois et généreux. Que votre âme trouve place dans la communauté des saints, très cher époux !

À ces mots, égarée de douleur, elle se mit à déchirer et lacérer ses vêtements. Yvain aurait bien voulu courir lui retenir les mains, mais Lunette le supplia :

— Ne faites surtout pas de folie ! Vous êtes ici très bien. Ne bougez, pour rien au monde, avant que le deuil soit calmé. Laissez ces gens s'en aller, ils finiront bien par rentrer chez eux. Vous allez donc vous asseoir à cette fenêtre et les regarder passer ; personne ne peut vous voir. Mais surtout, pas d'imprudence, vous y laisseriez votre tête : ce ne serait pas bravoure, mais folie. Bref, tenez-vous tranquille jusqu'à mon retour, car je n'ose m'attarder davantage. Si je restais absente plus longtemps, cela risquerait d'éveiller les soupçons.

Sur ces mots, elle s'en alla, et le chevalier resta, posté devant la fenêtre. Il était désolé car il voyait qu'on était en train d'enterrer le cadavre et qu'il ne pourrait rien conserver de lui, qui fasse la preuve de sa victoire. Il serait déshonoré et ne parviendrait pas à se défendre face aux perfidies et méchancetés de Keu. Le sénéchal ne manquerait pas de l'abreuver de sarcasmes.

Mais ces amères réflexions furent bientôt chassées par de nouvelles pensées, douces comme le miel. C'était l'amour qui venait le visiter, et s'installer en lui pour y régner en maître. Son ennemie s'était emparée de son cœur, le cœur de l'homme qu'elle détestait le plus. Elle avait bien vengé, sans le savoir, la mort de son époux. Yvain était blessé d'une plaie dont il ne guérirait jamais.

Monseigneur Yvain était toujours à la fenêtre. Les gens étaient partis, une fois l'enterrement terminé. Laudine était restée seule, en proie à la douleur, tantôt se tordant les mains, tantôt se prenant à la gorge, puis se calmant soudain pour essayer de lire des prières dans son psautier[1], enluminé de lettres d'or. Et plus Yvain la regardait, et plus il l'aimait et désirait lui parler. Mais ce désir était sans espoir, car il ne pouvait croire qu'il puisse un jour le réaliser.

---

1. Livre de prières, contenant des *psaumes* (chants religieux). Le livre est un objet de luxe, au Moyen Âge, surtout s'il est richement *enluminé* (orné de lettres calligraphiées et de miniatures). Seuls les abbayes et les seigneurs puissants en possèdent. C'est donc la preuve du rang élevé et de la richesse de Laudine ; de son éducation raffinée aussi, car, au XIIe siècle, rares sont les nobles qui savent lire.

— Je dois être complètement fou, pour désirer ce que je n'obtiendrai jamais. J'ai blessé à mort son époux, et j'imagine que je vais faire la paix avec elle ! Par ma foi, c'est une idée insensée, car elle me hait à cette heure plus que toute autre créature, et elle a bien raison... « À cette heure » est le mot juste, car ne dit-on pas « Souvent femme varie » ? Son humeur ne pourra-t-elle à une autre heure changer ? Oui, elle changera, je veux le croire, et je ne dois pas désespérer. Au contraire, je vais aimer mon ennemie. Je l'appelle « mon ennemie » parce qu'elle me hait, et elle n'a pas tort, puisque j'ai tué la personne qu'elle aimait. Quant à moi, je ne suis pas son ennemi, mais son ami, car je l'aime plus que tout au monde.

» Comme je souffre de la voir dans cet état ! Ses beaux cheveux, brillants comme de l'or pur, qu'elle arrache sans pitié ! Ses pleurs ne cessent de couler, mais, même pleins de larmes, ses yeux sont les plus beaux du monde. Et ce qui me désole le plus, c'est qu'elle griffe ce visage délicat aux fraîches couleurs, qui n'a pas mérité une telle férocité. Elle se fait le plus de mal possible ! Quelle frénésie ! Pourquoi tordre ses blanches mains, frapper et déchirer sa poitrine ? Ne serait-elle pas une pure merveille à contempler si elle était heureuse, alors qu'elle est déjà si belle dans le chagrin ?

C'est ainsi que monseigneur Yvain contemplait celle qui se détruisait de douleur. Il resta à la fenêtre jusqu'à ce qu'il vît partir la dame, et descendre à nouveau les deux portes coulissantes. Un autre aurait été navré d'être emprisonné en ce lieu. Mais tout cela lui était bien égal, car il ne serait parti à aucun prix : l'amour le retenait prisonnier.

Lunette revint le trouver. Elle voulait lui tenir compagnie, afin de le réconforter et le distraire un peu. Elle le trouva plongé dans ses pensées et abattu.

— Alors, monseigneur Yvain, comment s'est passée cette journée ?

— D'une manière qui m'a beaucoup plu.

— Beaucoup plu ? Est-ce bien la vérité ? Quel plaisir de voir les gens vous rechercher pour vous tuer, à moins d'avoir envie de mourir !

— Certes, ma chère amie, je n'ai aucune envie de mourir. Toutefois, j'ai vu une chose qui m'a plu infiniment, qui me plaît encore et me plaira à tout jamais.

— N'en parlons plus, car je vois bien de quoi il est question. Je ne suis pas assez sotte pour ne pas comprendre. Suivez-moi plutôt, car je vais m'occuper de vous délivrer de cette prison.

— Soyez certaine que je ne sortirai pas d'ici avant longtemps, si ce doit être en cachette comme un voleur.

À ces mots, il entra à sa suite dans la petite chambre donnant sur la salle. La demoiselle lui fournit tout ce dont il avait besoin pour la nuit, puis le quitta. Mais elle gardait en mémoire ses paroles, combien il avait été ravi par ce qu'il avait vu aujourd'hui.

4

La dame du château

Lunette était en si bons termes avec sa dame qu'elle pouvait aborder tous les sujets avec elle, car elle était sa suivante et sa confidente. Pourquoi aurait-elle hésité à réconforter Laudine et à la conseiller suivant ses intérêts ?

La première fois qu'elle la vit en tête-à-tête, elle lui parla ainsi :

— Dame, je suis surprise de vous voir agir de manière insensée. Croyez-vous retrouver votre époux en vous lamentant de la sorte ?

— Non, mais je voudrais être morte de chagrin.

— Et pourquoi ?

— Pour rejoindre mon mari, le noble Esclador.

— Le rejoindre ? Dieu vous en garde ! Priez-le plutôt de vous rendre un époux de même vaillance !

— C'est impossible ! Il n'en existe pas d'aussi vaillant !

— Si, bien sûr, et je vous le prouverai.

— Tais-toi, va-t'en ! Jamais je ne trouverai un tel homme.

— Mais si, dame, si vous y consentez. Mais dites-moi maintenant, sans vous vexer, qui protégera votre domaine quand le roi Arthur viendra à la fontaine ? Vous avez appris qu'il y sera dans une semaine. Il vous faut à présent prendre une décision pour défendre votre fontaine, et vous n'arrêtez pas de pleurer ! Il n'y a pas de temps à perdre, car les chevaliers d'ici ne valent pas plus qu'une chambrière : pas un ne prendra l'écu ou la lance pour combattre. Ils sont très forts en parole, mais aucun ne tiendra tête aux chevaliers du roi Arthur, qui pourra s'emparer de toutes vos terres.

Laudine savait que sa suivante avait raison. Mais comme toutes les femmes, elle était entêtée : elle préférait refuser un avis judicieux, plutôt que d'admettre qu'elle avait tort.

— Va-t'en, et ne m'en parle plus jamais. Ton bavardage m'exaspère !

— Voilà qui est parfait ! On voit bien que vous êtes une femme : les sages conseils ne font que vous irriter.

Elle la laissa seule, et Laudine se mit à réfléchir : elle comprit qu'elle avait eu tort. Elle aurait dû lui faire dire comment il était possible de trouver un chevalier supérieur à son mari. Elle voudrait bien que Lunette le lui dise, mais elle le lui a défendu ! Cette pensée l'occupa jusqu'au retour de la jeune fille. Sans tenir aucun compte de son interdiction, la demoiselle reprit immédiatement :

— Est-il bien raisonnable de vous détruire ainsi ? Pour l'amour de Dieu, renoncez à un chagrin aussi excessif ! Une dame de votre rang doit se contrôler. Pensez-vous que toute prouesse soit morte avec votre mari ? Il y a bien par le monde cent chevaliers qui valent autant que lui !

— C'est un pur mensonge. Pourrais-tu m'en citer un seul ?

— Vous m'en voudriez trop. Ce serait encore colère et menaces.

— Je n'en ferai rien, je t'assure. Mais j'ai l'impression que tu me tends un piège...

— Je vais donc vous le dire, en espérant qu'il

n'en sorte que du bien pour vous. Vous allez me trouver insolente, mais j'en prends le risque. À votre avis, quand deux chevaliers se sont affrontés dans un combat singulier, lequel est le meilleur ? Le vaincu ou le vainqueur ? Pour ma part, je donne le prix au vainqueur. Le chevalier qui a poursuivi votre mari jusque dans ce château devait donc être plus vaillant que lui.

— Voilà la pire folie que j'aie jamais entendue ! Fuis, fille écervelée et odieuse, et ne reviens plus devant moi pour dire de pareilles sottises.

— Je savais bien, ma dame, que mes propos ne vous plairaient pas. Mais vous n'avez pas tenu votre promesse de ne pas vous fâcher. Quant à moi, j'ai perdu une bonne occasion de me taire !

Elle retourna donc s'occuper d'Yvain, qui se morfondait dans sa chambre, malheureux de ne pas voir la dame. Il ignorait tout de ce que la demoiselle était en train de machiner pour lui.

La nuit arriva, mais la dame ne dormait pas : elle était en proie à de grands tourments. Elle se faisait beaucoup de souci pour la défense de sa fontaine, et elle commençait à regretter d'avoir blâmé et maltraité sa suivante. Elle était sûre en effet que Lunette n'avait agi que par affection pour elle ; c'était une amie loyale et fidèle, et elle ne lui aurait jamais donné un mauvais conseil. La jeune fille était intervenue dans son intérêt à elle, et elle avait eu tort de ne pas l'écouter.

Voilà changé l'état d'esprit de la dame : celui qu'elle haïssait, elle l'imaginait maintenant comparaissant devant elle. Elle l'accuserait d'abord : « Est-ce bien toi qui as tué mon époux ? » Il ne pourrait le nier : « Je vous l'accorde. » Et elle : « Et pour quelle raison ? L'as-tu fait par haine pour moi ? As-tu voulu me nuire ? » Il s'en défendrait : « Que je meure si j'ai voulu vous faire du mal ! » Elle pourrait conclure : « Tu n'as donc aucun tort envers moi. Envers lui non plus, car il t'aurait tué s'il l'avait pu. » Elle était sûre d'avoir statué en toute justice, selon le droit et la raison.

Au matin, l'esprit encore échauffé du débat de la nuit, elle avait hâte de revoir sa suivante. Celle-ci, sans le savoir, avait gagné sa cause. C'est alors que Lunette revint, pour recommencer son discours où elle l'avait laissé. Mais la dame était toute honteuse de l'avoir rudoyée et injuriée. Elle eut l'intelligence de s'excuser :

— Pardonne-moi les paroles insultantes et blessantes que j'ai eu la folie de te dire hier. Je suis prête à écouter tes avis. Dis-moi, si tu le sais, ce chevalier dont tu m'as parlé, quel homme est-il ?

Quel est son lignage[1] ? S'il est d'un rang digne du mien, je l'épouserai et ferai de lui le seigneur de ma terre, mais à condition que personne ne sache qu'il a tué mon époux.

— Au nom de Dieu, ma dame, il en sera ainsi. Vous aurez le mari le plus noble, le plus généreux, le plus beau qu'on puisse rêver.

— Quel est son nom ?

— Monseigneur Yvain.

— Par ma foi, sa famille est d'une haute noblesse : c'est le fils du roi Urien.

— Sans aucun doute.

— Et quand pourrons-nous l'avoir ?

— D'ici cinq jours, je pense.

— C'est bien trop long ! Qu'il vienne ce soir ou demain !

— Ma foi, ma dame, il lui faudrait pour cela être un oiseau ! Laissez-moi le temps d'envoyer un messager à la cour d'Arthur pour qu'il le ramène. Vous l'aurez dans trois jours au plus tard. Entretemps, convoquez vos barons et demandez-leur conseil au sujet du roi Arthur et de la fontaine. Pas un ne se proposera pour la défendre. Vous pour-

1. Le *lignage* est l'ensemble des personnes d'une même famille (ancêtres et descendants). Au Moyen Âge, on se soucie beaucoup des origines familiales : une noble dame ne peut épouser qu'un homme d'un lignage prestigieux, égal ou supérieur au sien.

rez alors dire à bon droit que vous êtes obligée de vous marier, qu'un chevalier très renommé prétend à votre main, et que vous n'osez rien faire sans leur approbation. Ils sont tellement lâches qu'ils se jetteront à vos pieds pour que vous acceptiez ce mariage !

— Par ma foi, ce projet correspond exactement à ce que j'envisageais. Dépêche-toi maintenant, ne tarde pas ! Arrange-toi pour retrouver ce chevalier !

Et Lunette fit semblant d'envoyer chercher Yvain à la cour. Pendant ce temps, elle prit soin de lui : chaque jour il prit un bain, sa tête fut lavée et peignée. Elle prépara pour lui une cotte[1] d'écarlate[2] vermeille toute neuve, fourrée de petit-gris[3]. Elle lui procura tout ce qui était nécessaire à son élégance : une broche d'or avec des pierres précieuses pour fermer son col, une belle ceinture ouvragée et une aumônière[4] de brocart[5]. Elle fit

---

1. La *cotte* est une robe que portent aussi bien les hommes que les femmes.

2. L'*écarlate* n'est pas au Moyen Âge une couleur, mais plutôt une étoffe précieuse de fine laine. Elle est souvent teinte de riches couleurs, mais pas forcément de rouge. En français moderne, *écarlate* désigne une couleur rouge vif.

3. Au Moyen Âge, les fourrures se portent le plus souvent à l'intérieur du vêtement, comme doublures, et pour garnir l'encolure et les poignets. Le *petit-gris* est la fourrure de l'écureuil gris de Russie, très appréciée à l'époque.

4. Petit sac, souvent richement brodé, que l'on porte à la ceinture ; il contient des *aumônes* pour les pauvres.

5. Riche tissu de soie brodé de fils d'or ou d'argent.

alors annoncer à Laudine que le messager était arrivé.

— Et monseigneur Yvain ? Sera-t-il bientôt là ?

— Il est déjà ici.

— Qu'il entre donc vite, mais discrètement. Ne laisse personne d'autre pénétrer ici.

La demoiselle revint vers son hôte, mais elle eut soin de ne point laisser paraître sur son visage la joie qui l'habitait. Elle lui fit croire que sa dame avait découvert qu'il avait été hébergé au château.

— Ma dame a tout appris et m'a beaucoup blâmée. Elle m'a cependant garanti que je pouvais vous conduire à elle sans qu'on vous fasse du mal. Elle n'en veut pas à votre vie, mais elle désire vous retenir captif.

— Je l'accepte volontiers, car je veux être son prisonnier.

— Vous le serez, je puis vous l'assurer. Ne vous inquiétez pas cependant, la prison qui vous attend ne sera pas trop pénible.

La demoiselle l'inquiétait et le rassurait tout à la fois, en parlant à mots couverts de la prison où il serait mis. Il ne savait pas que c'était la prison de l'amour : aimer, c'est être captif.

Lunette emmena par la main monseigneur Yvain dans un lieu où il allait être fort apprécié. Mais lui craignait d'être mal accueilli, et avec quelques raisons. Ils trouvèrent la dame assise sur un lit recouvert d'une couverture vermeille. Elle ne disait pas un mot, et Yvain s'effraya, pensant être tombé dans un piège. Il resta debout, à l'écart, et finalement la demoiselle dut prendre la parole :

— Que je sois mille fois maudite, pour avoir emmené devant une belle dame un chevalier qui reste paralysé et muet, incapable de l'aborder !

Elle le tira alors par le poignet :

— Avancez donc, chevalier, et n'ayez pas peur que ma dame vous morde ! Demandez-lui plutôt pardon et réconciliation, pour qu'elle accepte d'oublier la mort d'Esclador le Roux, qui fut son époux.

Aussitôt, monseigneur Yvain joignit les mains[1] et se mit à genoux[1] devant la dame :

— Dame, j'implore de tout mon cœur votre grâce. Vous pouvez faire de moi ce que vous voudrez, je vous en serai reconnaissant.

---

1. *Joindre les mains, se mettre à genoux* devant quelqu'un, sont des gestes de soumission, par lesquels on se met en son pouvoir. À l'origine, dans le haut Moyen Âge, ces gestes font partie de la relation vassal-suzerain. Par la suite, la religion chrétienne les a adoptés, calquant la relation homme-Dieu sur la relation vassalique.

— Et si je vous tue ?

— Dame, grand merci, c'est tout ce que vous m'entendrez dire.

— Voilà une réponse incroyable ! Vous vous mettez entièrement en mon pouvoir ?

— Oui, une force me pousse à me soumettre à votre volonté. Vous pouvez m'ordonner ce que vous voulez. Je ferai n'importe quoi pour réparer la mort que j'ai causée.

— Dites-moi donc – et vous serez quitte de toute réparation – si vous avez commis une faute envers moi en tuant mon mari.

— Dame, ayez pitié ! Quand votre époux m'a attaqué, ai-je eu tort de me défendre ? Si celui qui se défend tue son agresseur, dites-moi s'il est coupable !

— Pas du tout, en bonne justice. Je crois de plus qu'il ne servirait à rien de vous faire tuer. Je vous pardonne donc tous les torts que vous avez pu avoir envers moi. Mais je voudrais bien savoir d'où vient cette force qui vous commande de consentir entièrement à mes volontés. Asseyez-vous, et racontez-moi d'où vous vient cette soumission.

— Dame, elle vient de mon cœur.

— Et comment ce cœur a-t-il été touché, cher ami ?

— Par l'image que mes yeux ont contemplée.

— Et qu'ont-ils contemplé, ces yeux ?

— Dame, ils ont contemplé votre beauté.

— Et la beauté, quel tort a-t-elle eu dans l'affaire ?

— Son seul tort a été de me faire aimer.

— Aimer, et qui ?

— Vous, ma chère dame !

— Vraiment, et de quelle manière ?

— D'un amour tel que je ne peux penser qu'à vous, que je me donne entièrement à vous, que pour vous je veux vivre et mourir !

— Et oseriez-vous entreprendre de défendre pour moi ma fontaine ?

— Assurément, et contre n'importe quel adversaire !

— Eh bien, sachez-le, la paix est faite entre nous.

C'est ainsi que leur accord fut conclu.

La dame avait auparavant réuni le conseil de ses barons. Elle mit Yvain au courant de ses projets :

— Rendons-nous dans la salle, où se trouvent mes hommes. Ils m'ont recommandé, à cause de la nécessité de défendre la fontaine, de prendre rapidement un mari. Je vous accepte donc pour époux, car je ne dois pas refuser un vaillant défenseur, et, qui plus est, un fils de roi.

La demoiselle voyait réalisés tous ses vœux et Yvain était comblé. La dame le conduisit dans la salle où les chevaliers furent saisis d'admiration devant la noble allure d'Yvain. Tous se levèrent pour lui faire honneur ; ils murmuraient entre eux :

— Voici celui que notre dame va prendre pour époux. Assurément c'est un bon choix, car il semble de haute naissance.

La dame donna la parole à son sénéchal, qui exposa la situation :

— Seigneurs, la guerre est à nos portes. Le roi Arthur va venir sous peu dévaster nos terres. Le pays sera livré au pillage si nous ne trouvons pas un hardi défenseur. Il y a six ans, notre dame a choisi, sur votre conseil, Esclador le Roux. Il a gouverné le pays comme il convenait, mais maintenant le voici enterré. C'est grand dommage qu'il ait si peu vécu ; à présent, il faut faire face. Une femme ne peut porter l'écu ni manier la lance, mais elle peut sauver la situation en prenant un bon époux. C'est ce dont nous avons besoin, si nous voulons maintenir la belle coutume[1] de ce château. Soyez donc de bon conseil !

Tous s'accordèrent à trouver ces paroles pleines de bon sens. Ils la supplièrent donc à genoux. Elle n'avait pas besoin d'être suppliée, car c'était sa volonté à elle qui se réalisait ici ! Mais elle était assez intelligente pour paraître exaucer leur prière et accorder comme à regret ce qu'elle aurait fait de toute façon, même si on le lui avait interdit.

— Seigneurs, puisque c'est votre bon plaisir, voici à côté de moi un chevalier qui m'a beaucoup sollicitée et recherchée en mariage. Il veut se mettre à mon service et je l'en remercie. Jamais encore je ne l'avais rencontré, mais sa réputation est grande. Sachez que c'est un homme de haute naissance : c'est le fils du roi Urien. Il n'est pas seulement de haut lignage, c'est un chevalier vaillant et courtois. Il ne serait pas sage de le refuser : c'est monseigneur Yvain qui demande ma main.

— Vous avez sagement parlé, répondirent-ils. Il faut conclure ces noces aujourd'hui même.

Elle avait réussi à obtenir leur accord unanime ;

---

1. La *coutume* est l'obligation attachée à un lieu : obligation d'affronter un péril, ou de remplir une mission. Ici, celui qui va à la fontaine et verse l'eau est obligé d'affronter le défenseur de la fontaine. Les romans arthuriens mettent souvent en scène ce genre d'aventure, que doit accomplir le chevalier errant.

on la pressait de faire ce qu'elle aurait fait de toute façon, car son cœur l'y poussait. Mais elle voulait le faire avec l'approbation de tous, comme il convenait à une dame de haut rang.

On fit alors venir le chapelain[1], et Laudine prit pour époux monseigneur Yvain, en présence de tous ses barons. C'est ainsi qu'il épousa la dame de Landuc, fille du duc de Laududet. Les noces furent célébrées le jour même, avec un luxe incroyable et dans l'allégresse générale.

Voilà monseigneur Yvain maître du château. Le mort était oublié, et son meurtrier avait épousé sa femme. Tout le monde était ravi de ce nouveau seigneur, auquel ils trouvaient toutes les qualités. Les festivités durèrent jusqu'à la fête de la Saint-Jean, jour où l'on attendait la venue du roi Arthur.

---

1. Religieux attaché au service de la chapelle, dans un château.

5

Arthur au château de Laudine

Pendant ce temps, le roi Arthur s'était mis en route pour venir voir le prodige de la fontaine et de la tempête. Il avait quitté Carduel escorté de ses chevaliers, qui souhaitaient tous prendre part à l'aventure. Keu, le sénéchal, ne put tenir sa mauvaise langue :

— Je ne vois pas monseigneur Yvain parmi nous. Qu'est-il donc devenu ? N'est-ce pas lui qui s'était vanté de venger son cousin Calogrenant ? Je crois que le bon vin du repas y était pour beaucoup ! S'il avait réussi, nous l'aurions bien su, mais son absence parle pour lui. Il s'est enfui, je pense, pour ne pas affronter l'épreuve.

Le noble et généreux Gauvain ne pouvait laisser passer ces paroles :

— Vous feriez mieux de vous taire, Keu. Si monseigneur Yvain n'est pas avec nous, c'est qu'il a dû avoir un empêchement. Arrêtez ces propos insultants.

Arrivé à la fontaine, le roi, qui voulait voir la tempête, versa sur le perron l'eau puisée dans le bassin d'or. Aussitôt les éléments se déchaînèrent, et monseigneur Yvain ne tarda pas à arriver, revêtu de son armure[1]. Monté sur son cheval fougueux, il se précipita pour défendre la fontaine.

Aussitôt, avant tous les autres, Keu demanda au roi l'autorisation de combattre. Comme toujours, il voulait être le premier, quoi qu'il arrive, à affronter l'adversaire. Le roi le lui accorda et le sénéchal enfourcha son cheval. Yvain l'avait parfaitement reconnu à ses armoiries[2], et il était ravi à l'idée de lui donner une bonne leçon. Ils se ruèrent donc l'un contre l'autre au galop de leurs destriers. Les

---

1. L'armure protège complètement le corps du chevalier, et le heaume lui masque le visage : les combattants ne peuvent se reconnaître.

2. Les *armoiries* sont les emblèmes du chevalier ; elles figurent sur la bannière qui orne sa lance et sont peintes sur son écu. C'est donc un moyen d'identifier son adversaire, puisque son visage est couvert par le heaume.

lances furent fracassées, mais le coup d'Yvain avait été plus puissant. Keu, désarçonné, fit la culbute et tomba piteusement à terre. Bien des spectateurs ne purent se retenir de sourire, car tous avaient été victimes de ses sarcasmes.

Monseigneur Yvain ne voulait pas lui faire de mal. Il mit pied à terre et alla prendre le cheval de Keu pour l'amener au roi.

— Seigneur, je vous rends ce cheval. Il n'est pas question que je m'empare de ce qui vous appartient.

— Et qui êtes-vous ? Je suis incapable de vous reconnaître. Dites-moi votre nom ou découvrez votre visage !

— C'est moi, Yvain, votre fidèle chevalier.

Keu était effondré, et honteux d'avoir prétendu qu'Yvain s'était enfui. Mais les autres étaient ravis : ils n'étaient pas fâchés de la déconvenue du sénéchal, et surtout ils se réjouissaient de retrouver Yvain. Gauvain tout particulièrement, car c'était le compagnon d'aventure qu'il préférait. Quant au roi, il lui demanda de lui raconter tout ce qui lui était arrivé. Yvain leur rapporta point par point ses aventures, et comment la demoiselle lui avait sauvé la vie. Après cela, il invita le roi et tous ses chevaliers à séjourner dans sa demeure.

Ce serait pour lui un grand honneur ! Le roi accepta de rester huit jours entiers. Ils montèrent à cheval et se dirigèrent vers le château. Yvain avait envoyé un écuyer pour prévenir Laudine de la venue du roi. La dame, toute heureuse, pria ses chevaliers d'aller à la rencontre du roi de Bretagne. Ils le saluèrent avec beaucoup de considération, manifestant leur joie de le recevoir.

À l'arrivée du roi, le château était en liesse ; on avait sorti des tapis pour couvrir le sol des rues, et de riches soieries pour orner les murs des maisons. La ville retentissait du son des cors et des clairons ; les jeunes filles chantaient, accompagnées de flûtes, de tambourins et de cymbales, pour fêter le roi Arthur.

La dame de Landuc parut alors, vêtue d'une robe d'hermine[1] digne d'une impératrice. Un diadème de rubis ornait ses magnifiques cheveux blonds. Elle était belle comme une déesse. Souriante, elle s'approcha gracieusement du roi pour l'aider à descendre de cheval en lui tenant l'étrier, afin de lui faire honneur :

— Soyez le bienvenu, seigneur roi, et vous

1. Fourrure blanche précieuse, parsemée de petits points noirs.

aussi, monseigneur Gauvain. Béni soit le jour qui vous amène en ces lieux !

Le roi la salua tout aussi aimablement, et la prit galamment par la taille, en homme courtois. Tous furent accueillis de façon joyeuse, chacun s'efforçant de leur être agréable.

Au milieu de cette allégresse, deux personnes eurent un plaisir particulier à se rencontrer. Ce fut une rencontre entre la Lune et le Soleil ! Gauvain n'était-il pas appelé « le soleil de la chevalerie », pareil à l'astre d'or qui illumine le monde chaque matin de ses rayons ? Quant à Lunette, comme l'astre des nuits dont elle portait le nom, elle était incomparable de fidélité et de dévouement.

C'était une ravissante brunette, de noble naissance, dont la sagesse et l'habileté s'alliaient à un caractère enjoué. Gauvain fut fort heureux de la connaître, car elle avait sauvé la vie de son meilleur ami. Elle lui raconta donc en détail tous ses efforts pour convaincre sa dame d'épouser Yvain, et comment elle l'avait sorti des mains de ceux qui le cherchaient, en lui donnant l'anneau : il était parmi eux et ils ne le voyaient pas ! Monseigneur Gauvain s'amusa beaucoup à ce récit :

— Demoiselle, sachez que je suis à vous en cas de besoin, et même si vous n'avez pas besoin de moi ! Je suis vôtre, soyez dorénavant ma demoiselle !

— J'accepte avec reconnaissance, même si je ne souhaite pas être dans une telle détresse que j'aie besoin de votre aide.

La fête fut magnifique. Il y avait bien soixante dames, toutes belles, nobles et élégantes : elles étaient là pour se divertir en compagnie des chevaliers, qui s'asseyaient avec elles pour bavarder et les courtiser. Quelle fête pour monseigneur Yvain, de pouvoir ainsi recevoir le roi ! Laudine était à ses côtés et s'empressait auprès de ses hôtes de manière exquise. La semaine se passa dans ces divertissements. Les bois et les rivières permettaient de chasser, et Yvain avait plaisir à montrer, à tous, les vastes domaines de son épouse.

Durant cette semaine, tous les chevaliers, sans exception, avaient multiplié leurs efforts et leurs prières pour pouvoir emmener Yvain avec eux. Monseigneur Gauvain se montrait particulièrement insistant :

— Comment, seigneur Yvain, seriez-vous à présent de ces chevaliers qui, à cause de leurs femmes, ne s'intéressent plus aux combats ? Malheur à celui dont le mariage amoindrit la valeur ! Celui qui a pour épouse une belle dame doit au contraire chercher à faire grandir son prestige. Si sa renommée décline, l'amour qu'on lui porte en fera autant. Une femme a vite fait de retirer sa faveur à un homme, si celui-ci la déçoit. Allons, il faut que votre gloire grandisse !

» Nous partirons ensemble courir les tournois, pour qu'on ne prétende pas que vous êtes un mari jaloux. Il ne faut pas rester dans son château à rêvasser, mais sortir de chez soi et participer à des joutes, quoi qu'il en coûte. Je ne voudrais pas que notre compagnonnage ait à souffrir de votre nouvel état. Vous verrez, la joie d'amour ne sera que plus douce, quand vous reviendrez chez vous après de rudes combats : on goûte encore mieux un plaisir dont on a été privé. Si vous vous habituez maintenant au confort du bonheur conjugal, vous ne pourrez plus vous en passer, et vous serez perdu pour la vie aventureuse. Notez que je sais bien qu'il est facile de donner d'excellents conseils à autrui... j'aurais moi-même le cœur déchiré, si je devais quitter une aussi belle dame !

Gauvain fit tant et si bien par ses discours et ses prières qu'Yvain promit d'en parler à sa femme, et de partir avec ses compagnons, si elle le permettait. Il était bien résolu à retourner en Bretagne. Il alla donc la trouver.

— Ma très chère dame, vous qui êtes mon cœur et mon âme, ma vie et mon bonheur, accordez-moi un don, je vous en prie !

Elle le lui promit aussitôt, sans savoir ce qu'il voulait demander[1] :

— Cher époux, vous pouvez exiger de moi ce qu'il vous plaira.

Monseigneur Yvain, sur-le-champ, lui demanda la permission d'accompagner le roi et d'aller participer aux tournois, pour ne pas passer pour un lâche.

— Je vous accorde ce congé[2], mais pour un temps limité. Prenez garde, si ce délai devait être dépassé, l'amour que j'ai pour vous se transformerait en haine, soyez-en sûr. Sachez que je n'ai qu'une parole : si vous trahissez votre promesse, moi je tiendrai la mienne. Pensez à revenir dans un an jour pour jour, huit jours après la fête de Saint-Jean.

— Ma très chère dame, dit Yvain bouleversé, cette date est beaucoup trop éloignée ! Je compte

---

1. C'est le schéma du *don contraignant*, courant dans la tradition celtique : le demandeur se fait accorder un don sans préciser lequel. Son interlocuteur doit montrer sa générosité et sa confiance, en acceptant de donner cette sorte de « chèque en blanc ». Lorsque la nature du don est révélée, il ne saurait être question de revenir en arrière, sous peine de perdre la face.

2. Le *congé* est l'autorisation de partir.

bien être de retour avant, si Dieu le veut. Mais je ne peux pas être sûr de ce qui m'arrivera : si je suis malade, blessé ou prisonnier, il me sera impossible de respecter le délai fixé !

— Seigneur, je ferai donc une exception. Tant que vous penserez à moi, nul danger ne vous atteindra. Mettez à votre doigt cet anneau qui m'appartient. La pierre qui y est incrustée a des pouvoirs prodigieux : sous sa protection, un amoureux fidèle et loyal ne peut subir aucun dommage. Ni prison ni blessure ne le menacera, tant qu'il se souviendra de son amie. Cet anneau vous garantira mieux qu'un écu ou un haubert. Je n'ai jamais voulu le prêter à personne, mais à vous je le confie par amour.

Voici donc monseigneur Yvain libre de partir. Bien des larmes furent versées au moment des adieux. Mais le roi Arthur était impatient de s'en aller, et l'on amena les palefrois équipés pour le voyage. Il fallait se séparer, et Yvain dut s'arracher aux larmes et aux baisers de Laudine. La dame, après l'avoir accompagné un moment, revint au château. Elle gardait avec elle le cœur d'Yvain, mais lui, d'autres pensées n'allaient-elles pas bientôt le distraire ? Il allait retrouver avec ses compagnons la vie aventureuse des tournois !

Et je peux déjà vous dire qu'Yvain va s'y donner pleinement : son temps sera bien occupé, car monseigneur Gauvain ne permettra pas qu'il le quitte. J'ai bien peur qu'Yvain ne respecte pas le délai fixé par sa dame. S'il le dépasse d'un seul jour, il le payera très cher : il ne retrouvera sans doute jamais son amour.

6

La folie d'Yvain

Toute l'année passa ainsi. Yvain s'illustra par de grandes prouesses en compagnie de Gauvain. Celui-ci le fit si bien s'attarder dans les joutes et les tournois, qu'un an entier s'écoula, et que l'on parvint au 15 août, date où le roi Arthur devait réunir sa cour à Chester[1]. La veille, monseigneur Yvain avait remporté le premier prix dans un tournoi réputé. Les deux compagnons avaient fait

1. Au Moyen Âge, les rois se déplacent souvent et viennent tenir leur cour dans diverses résidences. On a vu précédemment le roi à Carduel, puis ici à Chester. Autres lieux fréquemment nommés, mais pas dans ce roman : Carlion et Camaalot.

dresser leur pavillon[1] en dehors de la ville, pour y inviter leurs amis. Le roi leur fit l'honneur de les rejoindre et s'assit parmi eux.

Soudain, Yvain devint tout pensif. Depuis qu'il avait quitté sa dame, il n'avait pas pris le temps de s'absorber ainsi dans ses pensées. Des larmes lui montèrent aux yeux, lorsqu'il se rendit compte qu'il avait violé sa promesse. La date fixée pour son retour était largement dépassée.

Il était là, perdu dans ses pensées, quand il vit venir droit vers la tente une demoiselle inconnue, montée sur un palefroi noir. Elle s'avança rapidement, et mit pied à terre devant eux, en laissant tomber son manteau. Elle entra dans la tente et se dirigea vers le roi. Elle salua de la part de sa dame le roi, monseigneur Gauvain et tous les autres chevaliers. Tous sauf Yvain.

— Ma dame ne salue pas Yvain, le traître, l'homme menteur et perfide qui s'est moqué d'elle. Il a séduit son cœur, et elle le lui a donné sans réserve. Mais sa confiance a été trompée, car ce n'était pas un amant loyal. Elle a bien découvert sa perfidie : il n'a pas tenu sa promesse, et elle n'a plus aucune confiance en lui.

---

1. Grande tente où l'on pouvait se tenir debout à plusieurs : elle servait quand les chevaliers étaient en déplacement, pour les tournois ou les guerres.

» Yvain, tu as bien perdu la mémoire : tu as oublié que tu devais revenir auprès de ma dame au bout d'un an. Elle t'avait fixé la date de la Saint-Jean, et pendant ton absence, elle avait fait peindre aux murs de sa chambre un calendrier pour mesurer le temps qui la séparait de ton retour. C'est ainsi que se conduisent les vrais amants : ils ne cessent de compter et d'additionner les jours, les mois et les saisons. Mais tu nous as tous trahis en l'abandonnant.

» Yvain, tu n'es plus rien pour ma dame. Elle te fait dire que tu ne dois plus jamais te présenter devant elle, et que tu dois rendre l'anneau qu'elle t'a donné. C'est moi, ici présente, qui suis chargée de te le reprendre. Rends-le-moi, il le faut.

Yvain ne pouvait répondre. L'esprit, les mots lui manquaient. La demoiselle s'élança vers lui et arracha l'anneau de son doigt. Elle remonta sur son cheval et partit aussitôt, le laissant dans un grand tourment. Et ce tourment ne cessait de croître : tout ce qu'il voyait ou entendait lui était insupportable. Il ne songeait qu'à prendre la fuite, tout seul, dans un lieu si désert que personne ne saurait rien de lui. Quelle aide attendre des autres ? À qui se plaindre de lui-même, qui avait causé sa propre mort ? Il éprouvait tant de haine contre lui qu'il aurait voulu disparaître de la surface de la terre.

Il quitta l'assemblée des barons, et s'éloigna des tentes. Là, une tourmente se leva dans sa tête, si puissante qu'il perdit la raison. Il arracha ses vêtements et se mit à fuir, tout nu, comme un homme sauvage, à travers les champs et les vallées. Ses compagnons ignoraient ce qu'il était devenu, et le cherchèrent partout, dans les maisons, derrière les haies et dans les vergers, mais il avait disparu. Dans sa fuite, il rencontra un valet qui portait un arc et cinq flèches bien aiguisées. Il s'en saisit, mais il ne parvint pas à se souvenir comment on s'en servait pour chasser : il avait perdu la mémoire.

Dans la forêt, Yvain guettait les animaux. Il les tuait et mangeait la venaison[1] toute crue. La folie avait fait de lui un homme sauvage : le corps nu, hirsute, il parcourait les bois, ayant tout oublié de la vie de l'homme.

Il demeura longtemps dans la forêt, comme une brute privée de raison, quand il arriva un beau jour devant la petite maison d'un ermite[2], qui était

1. Chair comestible du gros gibier (chevreuil, biche, sanglier, etc.).
2. Religieux, souvent prêtre ou moine, qui vit dans la solitude, à l'écart du monde, pour se consacrer à la prière.

en train de défricher. Quand celui-ci vit s'approcher cet être tout nu, il comprit bien qu'il avait affaire à un fou. Saisi de peur, il courut s'enfermer dans sa maisonnette. Cependant, pris de pitié pour cette créature étrange, le saint homme prit du pain et une cruche d'eau pure et les posa prudemment à l'extérieur de la maison, sur le rebord d'une fenêtre. Et l'autre, affamé, se jeta sur le pain dans lequel il mordit avidement. Jamais il n'avait goûté un pain aussi amer et aussi dur[1]. C'était un mélange grossier d'orge et de paille et, avec cela, moisi et sec. Mais sa faim était telle qu'Yvain le dévora et le trouva délicieux. Puis il but l'eau bien fraîche et se lança à nouveau dans le bois, à la recherche des cerfs et des biches.

Le saint homme le craignait beaucoup. Le voyant partir, il pria le Ciel de le protéger et d'écarter l'homme sauvage de sa maison. Mais toute créature, même privée de raison, retourne volontiers à l'endroit où l'on a été bon pour elle. Aussi longtemps que dura sa folie, Yvain revint tous les jours chez l'ermite, pour déposer devant sa porte le produit de sa chasse. Voilà la vie qu'il

1. Au Moyen Âge, seuls les nobles et les riches personnages mangent du pain blanc, fait avec de la farine de blé (ou froment) bien raffinée. Les gens du peuple utilisent les autres céréales, orge ou seigle, mal raffinées et donc mêlées de paille. L'ermite, qui mène une rude vie de privations, mange bien sûr le pain des pauvres.

menait. L'ermite écorchait la bête et faisait cuire la viande. Il mettait la nourriture, avec le pain et la cruche d'eau, sur le rebord de la fenêtre. Le fou pouvait ainsi se rassasier, mangeant la venaison sans sel ni poivre[1] et buvant l'eau claire de la fontaine. Le saint homme se donnait de la peine pour vendre les peaux au marché et acheter ainsi du pain. Yvain fut donc nourri de pain et de venaison pendant toute cette période.

Cette vie dura jusqu'au jour où deux demoiselles, se promenant dans la forêt avec leur dame, le trouvèrent endormi. L'une des trois se dirigea vers l'homme nu. Mettant pied à terre, elle l'observa longuement, cherchant un indice qui lui permît de l'identifier. Elle n'avait pas reconnu Yvain, car il n'avait plus rien à voir avec le beau chevalier aux magnifiques vêtements qu'elle connaissait. Mais en l'examinant avec attention, elle aperçut une cicatrice au visage qui lui rappela Yvain. C'était lui, sans aucun doute ; mais comment pouvait-il être dans cet état, pauvre et nu ? Elle revint auprès des autres et, toute bouleversée, elle leur raconta en pleurant ce qu'elle avait découvert :

— Ma dame, j'ai trouvé monseigneur Yvain, le

1. *Le sel* et le *poivre*, produits rares et précieux, font partie de l'alimentation réservée aux nobles.

chevalier le plus renommé du monde ! Mais par quel malheur a-t-il pu en arriver là ? On voit bien qu'il n'a pas toute sa raison, pour s'être ainsi dépouillé de ses vêtements ! Peut-être un grand chagrin l'a-t-il rendu fou ? Si seulement Dieu pouvait lui rendre ses esprits, il accepterait peut-être de nous venir en aide. Il nous serait d'un grand secours contre le comte Alier, qui vous fait la guerre et menace vos terres.

La dame lui répondit :

— Sois sans crainte ! Je crois qu'avec l'aide de Dieu je pourrai le guérir de cette folie qui lui trouble la tête. Ne tardons pas ! Je me souviens d'un onguent[1] que me donna jadis la fée Morgane[2], en me disant qu'aucune démence ne saurait lui résister.

Laissant là Yvain endormi, elles rentrèrent au château de Noroison, qui était tout proche. La dame ouvrit un coffret où se trouvait une petite boîte. Elle la confia à sa suivante en lui disant d'en user avec mesure. Qu'elle l'applique seulement

---

1. Sorte de remède, crème ou pommade grasse, que l'on applique sur la peau pour soigner. L'*onguent* contient diverses substances médicinales (plantes, poudres).

2. Dans les légendes celtiques, *Morgane* est une fée redoutable et savante, connue pour sa science des charmes magiques, qu'elle utilise tantôt pour le bien, tantôt pour le mal.

sur le front et les tempes, car c'est dans le cerveau que loge la folie. Elle lui confia un riche habit fourré de petit-gris, composé d'une cotte et d'un manteau de soie vermeille.

La demoiselle prit les vêtements et emmena par la main droite un très bon palefroi. Elle ajouta à cela tout le nécessaire : chemise, braies de fine étoffe et chausses[1]. Arrivée sur place, elle attacha les chevaux et se dirigea vers le fou endormi. Là, elle prit l'onguent et, oubliant la recommandation de sa dame, elle se mit à l'enduire complètement, tant elle désirait qu'il fût parfaitement guéri. Elle lui frotta les tempes et le visage, mais aussi tout le corps jusqu'aux orteils. Elle mit tant d'ardeur à le frictionner, que la folie sortit du cerveau d'Yvain. Le voyant près de s'éveiller, elle courut se cacher, mais elle laissa à côté de lui les habits qu'elle avait apportés. Elle se posta derrière un chêne pour l'observer.

Yvain s'éveilla. Il avait retrouvé la raison, mais il ignorait où il était ; à sa grande honte, il se rendit compte qu'il était nu. Regardant autour de lui,

---

1. L'habillement se compose pour tous, hommes et femmes, d'une *chemise* portée sous une *cotte* (robe plus ou moins longue). Les hommes portent en plus des *braies* (sortes de pantalons allant jusqu'au genoux), et des *chausses*, sortes de bas collants qui vont du pied au genou, où ils se raccordent avec les braies. On porte aussi parfois une seconde robe sur la cotte : le *surcot*.

il aperçut les vêtements. Comment étaient-ils là ? Comment lui-même se trouvait-il en ce lieu ? Il était abasourdi et inquiet. Quel déshonneur pour lui, si quelqu'un le voyait dans cet état ! Il s'habilla sans tarder et s'efforça de se lever. Mais il n'avait pas la force de marcher, tellement il était affaibli par les privations de la vie sauvage. Où trouver du secours dans ce bois ?

La demoiselle jugea qu'il était temps d'intervenir. Elle monta à cheval et passa sur le chemin, comme si elle avait été en promenade. Il appela à l'aide et elle fit semblant de chercher d'où venaient ces cris. Il dut renouveler ses appels :

— Demoiselle, par ici, par ici !

La jeune fille dirigea son palefroi dans cette direction. Elle voulait lui faire croire qu'elle ne savait rien de lui et ne l'avait jamais vu. C'était agir avec beaucoup de délicatesse.

— Seigneur chevalier, que voulez-vous ? Avez-vous besoin de mon aide ?

— Ah, sage demoiselle, je ne sais comment et par quelle malchance je me suis retrouvé dans ce bois. Pour l'amour de Dieu, prêtez-moi votre palefroi.

— Volontiers, seigneur, mais accompagnez-moi là où je vais.

— Où donc ?

— Hors de cette forêt, dans un château qui est tout proche.

— Dites-moi, demoiselle, cherchiez-vous de l'aide ?

— Oui, mais je crois que pour l'instant c'est vous qui en avez besoin : vous n'êtes pas du tout en bonne santé. Il faudra bien vous reposer une quinzaine de jours. Prenez ce cheval que je mène de la main droite, et nous irons jusqu'à ce château.

Yvain ne demandait pas mieux. Ils s'en allèrent tous deux et arrivèrent à un pont sous lequel coulait une eau tourbillonnante et rapide. La demoiselle y lança la boîte d'onguent vide. Elle pensa qu'elle s'excuserait ainsi auprès de sa dame : en passant le pont, son cheval avait trébuché et la boîte lui avait échappé des mains.

Ils arrivèrent au château de Noroison, où la dame accueillit très aimablement Yvain. Elle fut bien mécontente en revanche, quand sa suivante lui raconta son mensonge au sujet de l'onguent. C'était une grande perte pour elle. Elle donna cependant l'ordre de bien s'occuper d'Yvain.

Les demoiselles firent de leur mieux pour soigner le chevalier : elles lui donnèrent des bains, lui lavèrent la tête, le rasèrent et lui coupèrent les cheveux. Il en avait bien besoin, car cheveux et barbe étaient si longs qu'ils lui cachaient le visage. Il se reposa, mangea et but pour reprendre des forces. Tout ce qu'il désirait lui était accordé. Armes et chevaux furent également mis à sa disposition.

Il demeura ainsi chez la dame de Noroison jusqu'à un mardi où le comte Alier survint avec ses hommes pour incendier et piller. Les chevaliers du château s'armèrent pour riposter. Monseigneur Yvain était parmi eux ; il avait retrouvé sa vigueur et se comportait vaillamment. Se couvrant de son écu, il éperonna son destrier et abattit quatre assaillants à la suite. Ceux qui l'accompagnaient sentirent leur hardiesse décupler à le voir combattre ainsi.

La mêlée était rude, et la dame était montée à sa tour pour voir l'affrontement. Il y avait des morts et des blessés parmi les siens, mais plus encore parmi ses ennemis. Monseigneur Yvain combattait en chevalier courtois, car il préférait amener ses adversaires à se rendre plutôt que de les tuer. Tous ceux du château étaient remplis d'admiration :

— Quel vaillant guerrier ! Comme il fait plier ses ennemis ! Il les attaque rudement, comme le lion affamé au milieu d'un troupeau de daims ! Et tous nos chevaliers, comme les voilà intrépides à son exemple ! C'est un vrai bienfait de l'avoir parmi nous car, sans sa présence, nos hommes n'auraient osé affronter l'ennemi. Voyez comme il se bat avec son épée ! Le preux Roland, avec Durandal[1], n'aurait pas fait mieux.

Ils le couvraient d'éloges, et commençaient à retrouver l'espoir : avec un tel défenseur, le comte Alier pouvait être mis en déroute. Ils ajoutaient aussi que leur dame aurait bien de la chance si elle parvenait à garder auprès d'elle un tel chevalier. Il avait gagné leurs cœurs et ils auraient bien voulu l'avoir pour seigneur.

Les assaillants, désemparés devant la vigueur de la défense, prirent la fuite. Monseigneur Yvain les poursuivit, avec tous ses compagnons, enhardis par sa présence. À la fin les fuyards, épuisés, faiblirent et furent taillés en pièces. Le comte Alier voulut se réfugier dans une forteresse des environs, mais Yvain le rejoignit tout près de l'entrée et s'empara de lui. Il exigea sa reddition : il viendrait se constituer prisonnier devant la dame de Noroison, et ferait la paix avec elle à ses condi-

1. *Roland*, le neveu de Charlemagne, est mort à Roncevaux, face aux Sarrasins. Le public de l'époque connaît certainement le héros de la *Chanson de Roland*, avec sa fameuse épée *Durandal*.

tions. Quand il eut obtenu son serment, il lui fit rendre son heaume, son écu et son épée.

La nouvelle était déjà parvenue au château, et vous pouvez imaginer l'accueil que l'on fit aux deux hommes. Yvain remit son prisonnier à la dame de Noroison. Le comte Alier jura qu'il ne lui ferait plus jamais la guerre et qu'il la dédommagerait de ses pertes en faisant reconstruire tout ce qui avait été ravagé.

Quand toutes ces questions furent réglées, Yvain demanda son congé à la dame. Elle l'aurait volontiers gardé pour faire de lui son époux et le seigneur de tous ses biens, mais il voulait repartir sans attendre. Il laissait la dame sauvée, mais plongée dans l'affliction à cause de son départ.

7

Le lion

Monseigneur Yvain cheminait, plongé dans ses pensées, à travers une sombre forêt. Soudain il entendit, venant du plus profond des fourrés, un cri de douleur perçant. Il se dirigea aussitôt vers l'endroit d'où venait ce cri, et là il vit, dans une clairière, un lion aux prises avec un serpent, qui lui mordait la queue, lui brûlant tout le dos de ses flammes ardentes[1].

Yvain ne s'attarda pas à regarder ce spectacle extraordinaire. Laquelle des deux bêtes fallait-il aider ? Le lion, évidemment, car c'est un animal

1. Ce serpent qui crache des flammes est un dragon.

noble et généreux, alors que le serpent est malfaisant et perfide. Cette perfidie se voit au feu qu'il crache par la gueule. Yvain décida donc d'affronter ce dernier pour le tuer. Il tira l'épée et leva son écu pour protéger son visage des flammes, que la bête immonde jetait par sa gueule largement ouverte. Pour le moment, l'essentiel était de vaincre le serpent, il verrait bien ensuite si le lion s'attaquait à lui. Il brandit son épée étincelante et se lança à l'assaut de l'animal maléfique. Il le trancha en deux jusqu'à terre, puis le découpa en tronçons. Mais pour délivrer le lion, il fut bien obligé de couper un morceau de sa queue, que le cruel serpent avait englouti dans sa gueule. Qu'allait faire maintenant le lion ? Aurait-il à se défendre contre lui ?

Écoutez bien ce que fit alors le lion : il se comporta comme une créature noble et généreuse. Il s'agenouilla devant son sauveur, tendant ses deux pattes jointes, comme le fait un vassal devant son seigneur[1]. Il se tenait debout sur ses pattes arrière et sur sa face coulaient des larmes de reconnaissance. Il remerciait ainsi humblement celui qui l'avait délivré d'un péril mortel.

---

1. C'est le geste de l'*hommage* du vassal envers son suzerain : il devient « son homme », et s'engage à le servir loyalement.

Quelle belle aventure pour monseigneur Yvain ! Il essuya sur l'herbe son épée, toute souillée du venin du serpent, puis la remit dans son fourreau et reprit sa route. Le lion cheminait à ses côtés. Il était devenu son compagnon, et ne souhaitait qu'une chose, le protéger et le servir toute sa vie.

Il allait en tête, ouvrant le chemin, jusqu'au moment où il flaira une odeur que lui apportait le vent : des animaux étaient en train de paître non loin de là. Il avait faim, et sa nature de bête sauvage l'incitait à partir en chasse, mais il s'arrêta pour regarder son seigneur. Yvain comprit que le lion attendait sa permission. Il ne prendrait le gibier qu'il avait flairé que si son maître le souhaitait. Il l'encouragea donc par ses cris, comme il l'aurait fait pour un chien de chasse. Le lion mit aussitôt le nez au vent et, en quelques bonds, il eut rejoint un chevreuil qui broutait dans une vallée. Il l'attaqua, but le sang tout chaud qui coulait de sa plaie, puis l'apporta aux pieds de son maître.

Le soir tombait et Yvain décida d'établir son campement pour la nuit. Il fallait dépouiller le chevreuil pour en découper ce qu'il voudrait manger. Il lui fendit donc la peau sur les côtes et tailla un morceau de filet. À l'aide d'un silex et de quelques branches sèches, il alluma un feu, sur lequel il mit son morceau de viande à rôtir. Ce fut un repas sans grande saveur : ni pain ni sel, ni nappe ni couteau, rien de ce qui rend la vie confortable. Tout le temps où il mangea, le lion le suivit des yeux sans faire un mouvement. Il resta couché devant son maître jusqu'au moment où celui-ci fut rassasié. Alors il dévora tout le reste du chevreuil, sans rien laisser, jusqu'aux os. Yvain passa la nuit allongé sur le sol, la tête reposant sur son écu, sous la garde du lion qu'il tenait maintenant pour son ami.

Ils repartirent ensemble au matin, et ils menèrent cette vie commune pendant une quinzaine de jours. Mais voici qu'un beau jour le hasard les conduisit à la fontaine sous le pin. Yvain la reconnut et faillit perdre la raison une seconde fois, quand il s'approcha du perron et de la chapelle. Une telle douleur lui frappa le cœur qu'il tomba évanoui. Son épée glissa du fourreau, et sa pointe vint rompre les mailles de son haubert près du cou, faisant couler le sang.

Le lion crut que son ami et seigneur était mort. Jamais on ne vit une douleur si grande : il se tordait de désespoir et rugissait, grattant le sol de ses griffes. Il voulut se tuer avec l'épée qui, pensait-il, avait tué son maître. Avec ses crocs, il la tira et la cala contre un tronc d'arbre. Bien décidé à mourir, il allait se précipiter sur elle comme un sanglier furieux, quand Yvain reprit connaissance ; l'animal retint alors son élan.

Monseigneur Yvain, revenant à lui, fut saisi de désespoir. Il s'adressait d'amers reproches pour avoir manqué à sa parole envers sa dame :

— Qu'est-ce que j'attends pour me tuer, moi qui ai détruit de mes propres mains tout ce qui faisait le bonheur de ma vie ? Comment puis-je rester ici, misérable, à contempler cette fontaine, ce perron, qui appartiennent à ma dame ? J'ai connu la plus grande joie qu'un homme puisse trouver sur terre, et je l'ai perdue par ma faute. J'ai bien raison de me haïr moi-même ! Mourir serait moins douloureux que souffrir ce martyre. Pourquoi rester en vie ? N'ai-je pas vu mon lion, si désespéré à cause de moi qu'il voulait se planter l'épée dans le corps ? Et moi, j'hésiterais à mourir ? Allons, il faut quitter cette vie où ne m'attend nul bonheur !

Pendant qu'il se lamentait ainsi, une malheureuse captive, enfermée dans la chapelle, l'avait entendu. Elle s'approcha d'une fissure du mur pour mieux voir, et appela :

— Qui est là ? Qui se lamente ainsi ?

— Et vous, qui êtes-vous ?

— Je suis une prisonnière, gémit-elle, la plus malheureuse de toutes les femmes.

— Tais-toi, folle créature ! Ta souffrance n'est rien, comparée à la mienne. J'ai connu toute la joie du monde, et ma douleur n'en est que plus amère.

— Mon Dieu, je sais que vous dites vrai. Mais ne croyez pas pour autant que vous souffrez plus que moi. Vous êtes libre d'aller où vous voulez, alors que moi, je suis emprisonnée. Demain on viendra me chercher pour me conduire à la mort.

— Et pour quel crime, au nom de Dieu ?

— On m'accuse de trahison, et si je ne trouve pas d'ici demain un champion[1] pour me défendre, on me fera brûler ou pendre.

— Votre situation est malgré tout moins désespérée que la mienne : vous avez encore la possibilité d'être sauvée par un champion !

— Oui, certes, mais je n'en ai aucun à ma disposition. Il n'y a que deux hommes au monde qui oseraient livrer combat à trois chevaliers à la fois pour me défendre.

— Comment ? Ils sont donc trois ?

1. On appelle *champion* le chevalier qui combat pour défendre la cause de quelqu'un qui ne peut se battre (une femme, par exemple).

— Oui, seigneur, ils sont trois à m'accuser de trahison !

— Et qui sont ces deux chevaliers qui seraient assez hardis pour affronter trois combattants à la fois ?

— Je peux bien vous le dire : le premier est monseigneur Gauvain, et l'autre monseigneur Yvain. C'est à cause de lui que demain je serai livrée injustement à la mort.

— À cause de qui ? Qu'avez-vous dit ?

— Seigneur, par ma foi, c'est bien à cause du fils du roi Urien !

— Je vous ai bien entendue ! Eh bien, je puis vous affirmer que vous ne mourrez pas sans qu'il soit à vos côtés ! Je suis moi-même cet Yvain, pour qui vous êtes en péril de mort. Et vous-même, vous êtes Lunette, la demoiselle qui m'a sauvé la vie dans le château aux portes coulissantes. Vous m'avez apporté de l'aide quand j'étais prisonnier de ce piège, dont je ne serais pas sorti vivant. Mais dites-moi, ma chère amie, qui a bien pu vous accuser de trahison et vous faire jeter dans ce cachot ?

— Seigneur, je vous dirai l'entière vérité. Vous vous souvenez : c'est moi qui ai donné à ma dame le conseil de vous prendre pour époux. Dieu m'est témoin que j'ai agi loyalement et pour son bien.

Elle s'est fiée à moi et, de mon côté, j'ai cherché à satisfaire à la fois son intérêt et votre désir. Mais quand vous avez oublié le délai qu'elle vous avait fixé pour revenir, elle s'est fâchée contre moi. Elle a jugé qu'elle avait eu tort de me faire confiance. Le sénéchal, un homme perfide et déloyal, l'a appris. Il était très jaloux de moi à cause de cette confiance que ma dame me témoignait. Il a compris qu'il pouvait la dresser contre moi et, en pleine cour, devant tous, il m'a accusée de l'avoir trahie en votre faveur. Je me suis retrouvée seule, affolée, et j'ai répondu sur-le-champ, sans réfléchir. J'étais tellement sûre de mon innocence que j'ai affirmé qu'un seul chevalier pourrait me défendre contre trois, dans un duel judiciaire[1]. Le sénéchal m'a prise au mot : il m'était impossible de revenir sur cette proposition, et j'ai dû m'engager à trouver un chevalier qui accepte de combattre contre trois autres, dans un délai de quarante jours. J'ai été dans plusieurs cours, et même

1. Au Moyen Âge, on a recours au *duel judiciaire* quand une grave accusation est lancée et qu'on ne peut trouver un accord entre les deux parties (ici, Lunette et le sénéchal). On décide de fixer un jour où chacun défendra sa cause par les armes : directement ou par un champion (pour Lunette qui est une femme). Celui qui gagne fait la preuve de son bon droit. Cette pratique repose sur l'idée que Dieu est l'arbitre du combat, et qu'il ne peut laisser triompher une mauvaise cause. Il donne donc la victoire à celui qui le mérite : c'est ce qu'on appelle le *jugement de Dieu*.

à celle du roi Arthur, mais je n'ai trouvé aucun appui, ni aucune nouvelle de vous.

— Et Gauvain, qui est si généreux et courtois ? Il n'a jamais refusé son secours à une demoiselle en détresse !

— J'aurais été bien heureuse de le trouver, car je sais qu'il m'aurait aidée, sans aucun doute. Mais on raconte qu'un chevalier inconnu a enlevé la reine, et que le roi a envoyé Gauvain à sa recherche[1] ; il s'est donc lancé dans cette aventure, et personne ne sait où il est. Voilà donc où j'en suis : demain je mourrai d'une mort honteuse, brûlée à cause de la haine qu'on vous porte.

— Jamais, par Dieu, je ne permettrai qu'on vous fasse le moindre mal ! Tant que je serai vivant, vous ne mourrez pas ! Vous pouvez compter sur moi demain, car je mettrai ma vie en jeu pour vous libérer. Mais ne dites à personne qui je suis. Je veux que mon nom reste inconnu de tous.

— Seigneur, je ne le dirai pour rien au monde. Cependant, je vous en supplie, ne livrez pas pour moi un combat aussi inégal ! Je vous remercie de me l'avoir proposé, mais je serais trop malheu-

---

1. Chrétien de Troyes s'amuse ici à faire une allusion à un autre de ses romans qu'il écrit à la même époque : *Le Chevalier de la Charrette*. On y voit effectivement les chevaliers d'Arthur, et principalement Gauvain et Lancelot, se mettre en quête de la reine Guenièvre, enlevée par Méléagant.

reuse si vous succombiez : ils seraient ravis, et moi, je perdrais la vie de toute façon. Nous serions deux à périr : je préfère mourir en vous sachant vivant !

— Ne vous tourmentez pas tant, ma chère amie, et ne rejetez pas mon aide. Il n'est pas question que je renonce à combattre pour vous, qui avez tellement fait pour moi. Demain, je vaincrai ces trois chevaliers, car Dieu sera avec moi. Vous êtes innocente et ma cause est juste. À présent je dois m'en aller chercher un gîte pour passer la nuit.

— Allez, seigneur, et que Dieu vous protège !

8

Le géant de la montagne

Aussitôt Yvain s'éloigna, suivi de son lion. Ils cheminèrent jusqu'à un château fort, qui devait appartenir à un puissant seigneur, car il était entouré d'une haute et solide muraille et ne craignait aucun assaut. Mais à l'extérieur des murs, tout avait été ravagé. Pas une maison ni une chaumière debout.

Yvain s'approcha du château ; sept écuyers s'avancèrent et baissèrent le pont-levis. Mais ils reculèrent, saisis d'effroi, à la vue du lion, et le prièrent de le laisser devant la porte.

— Il n'en est pas question, répondit Yvain. Ou

nous serons logés tous deux, ou je resterai avec lui à l'extérieur, car je l'aime autant que moi-même. Mais vous n'avez rien à craindre, je peux vous le garantir.

Rassurés, les écuyers le firent pénétrer dans le château, où il rencontra des chevaliers et des dames qui l'accueillirent très aimablement et l'aidèrent à se désarmer. Ils se réjouissaient tous de sa venue, mais soudain ils semblèrent accablés de douleur, et se mirent à pleurer, à crier et à se lamenter. Ils étaient heureux de recevoir le chevalier, mais l'idée d'une autre aventure, qu'ils attendaient pour le lendemain, les terrifiait visiblement.

Monseigneur Yvain était stupéfait de ce comportement, et il s'adressa au maître des lieux :

— Par Dieu, très cher seigneur, pourriez-vous m'expliquer ce qui se passe ? Pourquoi un si bon accueil est-il suivi de larmes et de sanglots ?

— Oui, je vous le dirai, si vous y tenez. Mais je préférerais vous le taire, car vous en seriez attristé.

— Mais je ne peux accepter de vous voir dans une telle affliction ! Dites-moi ce qui vous tourmente, car il m'est impossible d'y rester indifférent.

— Eh bien, je vais tout vous expliquer. Un géant m'a causé beaucoup de tort, car il voulait que je lui donne ma fille, qui surpasse en beauté toutes les jeunes filles du monde. Ce cruel géant s'appelle Harpin de la Montagne, et il ne se passe pas un jour sans qu'il vienne s'emparer de mes biens. Il ne nous a rien laissé en dehors de cette forteresse : les campagnes, le bourg qui se trouvait au pied de ces murailles, il a tout pillé et incendié.

» Si je suis accablé par le chagrin, c'est parce que j'avais six fils, tous chevaliers. Le géant les a faits prisonniers et en a tué deux sous mes yeux. Demain les quatre autres connaîtront le même sort, à moins que quelqu'un accepte de combattre pour les délivrer, ou que je me résigne à lui livrer ma fille. Et quand il l'aura, voilà ce qu'il lui promet : il l'abandonnera aux plus répugnants valets de sa maison, car il ne veut même plus la prendre pour lui-même. Ce terrible malheur est pour demain, si Dieu ne m'accorde son aide. Vous comprenez donc, seigneur, que nous soyons en larmes. Par égard pour vous, car il faut toujours honorer un hôte, nous tentons de faire bon visage, mais nous ne pouvons oublier les calamités qui nous menacent.

Yvain avait écouté avec beaucoup d'attention.

— Seigneur, je suis affligé et révolté par le malheur qui vous frappe. Mais une chose m'étonne : pourquoi n'avez-vous pas cherché secours auprès de la cour du grand roi Arthur ? Vous y auriez trouvé des chevaliers qui n'auraient pas craint d'affronter un ennemi aussi redoutable.

Le seigneur lui confia alors qu'il aurait certainement pu avoir l'aide de Gauvain, qui était le frère de son épouse. Mais le chevalier était parti sur les traces de la reine, enlevée par le perfide Méléagant, qui l'avait entraînée dans son lointain royaume[1]. Si le vaillant Gauvain avait appris cette aventure, nul doute qu'il serait accouru pour sauver sa nièce et ses neveux, mais il n'en savait rien.

Yvain soupira, bouleversé de pitié pour les malheurs de son hôte.

— Très cher seigneur, j'affronterais volontiers cette aventure, si seulement j'étais sûr que le géant et vos fils viennent demain suffisamment tôt. À midi, en effet, je dois absolument être ailleurs pour accomplir une autre mission.

— Cher seigneur, votre décision me touche, et je vous remercie de tout mon cœur.

Une jeune fille apparut alors, sortant d'une chambre. Elle était belle et gracieuse, mais son

1. Nouvelle allusion au *Chevalier de la Charrette*.

visage ravissant, penché vers le sol, exprimait une profonde tristesse. Sa mère l'accompagnait, et toutes deux tentaient de cacher leurs larmes. Mais le seigneur leur dit de relever la tête et de faire bon visage à leur hôte.

— Ce chevalier généreux nous a été envoyé par Dieu. Demain, il combattra le cruel Harpin ! Vous devriez vous jeter à ses pieds pour le remercier de son aide !

Yvain protesta : il n'aurait jamais voulu, il aurait même eu honte que la sœur ou la nièce de Gauvain s'inclinent devant lui ! Mais il leur recommanda de reprendre courage, car Dieu leur accorderait demain son secours.

— Mon seul souci, leur dit-il, est de voir le géant arriver dès l'aube pour combattre. S'il tarde, il me sera impossible de l'attendre, car ce serait violer la parole que j'ai donnée ailleurs.

Il n'oubliait pas la prisonnière de la chapelle. C'était son devoir absolu d'arriver à temps pour la secourir. Il s'efforça cependant de rassurer ses hôtes, qui avaient bien compris qu'il était un homme de valeur. Ils l'emmenèrent pour dormir dans une chambre confortable. Le lion vint se coucher auprès de lui, aussi doux qu'un agneau, et ils se reposèrent ensemble, mais les gens du château prirent bien soin de fermer la porte !

Le lendemain, à l'aube, le chevalier se leva pour entendre la messe, puis il attendit jusqu'à l'heure de tierce[1]. Il fit alors venir le seigneur du château et tous les siens :

— Seigneur, il est temps pour moi de partir, je ne peux rester plus longtemps. Je voudrais bien le faire, pourtant, pour la nièce et les neveux de mon ami Gauvain !

La demoiselle, la dame et le seigneur, tous furent saisis de terreur. Le père lui proposa une partie de ses biens et de ses terres pour qu'il consente à attendre encore un peu. La jeune fille, affolée, se mit à sangloter. Elle le suppliait de ne pas s'en aller, au nom de Dieu, de la Vierge Marie et des anges du Ciel, et aussi au nom de son oncle Gauvain. À ce nom, Yvain fut bouleversé : c'était celui de son meilleur ami, et il aurait voulu tout faire pour lui. En même temps, il était accablé d'angoisse, car il pensait à celle qui lui avait sauvé

1. Les heures de la journée, au Moyen Âge, étaient celles des offices religieux, qui servaient de point de repère pour la population, puisqu'on faisait alors sonner les cloches dans chaque couvent. Ces offices avaient lieu toutes les trois heures : la première heure du jour était celle de *prime* (6 heures), suivie de celle de *tierce* (9 heures), *sexte* ou *midi* (12 heures), *none* (15 heures), *vêpres* (18 heures) et *complies* (21 heures). Les heures de la nuit portaient aussi le nom des offices religieux nocturnes : *matines* (minuit) et *laudes* (3 heures).

la vie et qui risquait un supplice affreux. Si elle périssait par sa faute, il en perdrait la raison, et cette fois pour toujours.

Pendant qu'il attendait encore un peu, déchiré par le doute, le géant arriva à vive allure, armé d'un gros pieu carré suspendu à son cou. Il traînait avec lui les fils du seigneur, prisonniers. Les jeunes gens faisaient pitié à voir : vêtus de chemises sales et puantes, ils avaient les pieds et les mains étroitement liés par des cordes, et ils se tenaient tant bien que mal sur quatre chevaux boiteux, maigres et épuisés. Ils arrivèrent en longeant le bois, accompagnés par un nain bouffi et difforme. Celui-ci avait attaché les chevaux les uns aux autres par la queue, et il faisait avancer les prisonniers en les frappant jusqu'au sang avec un fouet garni de nœuds. C'est ainsi que les malheureux parurent, escortés par le géant et le nain.

Harpin de la Montagne s'arrêta sur le terre-plein devant le château et cria au noble seigneur son défi : il mettrait à mort ses fils, si sa fille ne lui était pas livrée, pour le plaisir de sa valetaille[1]. Lui, il ne l'estimait pas assez pour se souiller à son contact : mais ses ribauds[2] immondes, ses marmi-

1. Terme de mépris pour désigner l'ensemble des *valets*, des serviteurs.
2. Soldat pillard, débauché.

tons pouilleux[1] l'auraient à leur disposition pour quelques sous !

Le seigneur était près d'éclater de rage en entendant parler ainsi de sa fille. Le sort promis à ses fils lui brisait le cœur. Il aurait préféré mourir et versait des larmes de détresse. Saisi de pitié, Yvain lui dit :

— Seigneur, ce géant arrogant qui vient parader sous vos murs est un monstre de cruauté. Mais Dieu ne permettra pas que votre fille tombe en son pouvoir. Ce qu'il veut faire d'elle est trop infâme ! Vite, que l'on me donne mes armes et mon cheval ! Je vais affronter cette brute ignoble qui vous harcèle. Je veux qu'il libère vos fils et fasse réparation pour les propos qu'il a tenus sur votre fille. Aussitôt cela fait, j'irai là où mon autre mission m'appelle.

Les gens du château s'empressèrent de l'équiper, puis on baissa le pont-levis. Il s'avança, suivi de son lion, qui ne l'aurait laissé pour rien au monde. Tous ceux qui étaient restés en arrière le recommandèrent à Dieu, car il allait avoir à affronter un véritable démon. Harpin avait déjà massacré beaucoup d'hommes très vaillants, devant

1. Valet de cuisine s'occupant des *marmites*. Serviteur de basse condition, sale et *pouilleux* (qui a des *poux*).

leurs yeux, et ils avaient peur qu'Yvain ne subisse le même sort. Il aurait bien besoin de l'aide de Dieu pour sauver sa vie et triompher de lui.

Le géant, plein d'arrogance, s'avança et menaça Yvain :

— Eh bien, ceux qui t'ont envoyé ici ne devaient pas t'aimer beaucoup !

— Arrête tes vantardises, et fais de ton mieux !

Yvain n'avait pas peur, il s'élança, et le géant armé de son énorme pieu vint vers lui au galop. Le chevalier le frappa en plein sur sa poitrine, qui était recouverte d'une épaisse peau d'ours ; le coup fut si violent que celle-ci fut transpercée. Le sang jaillit comme une sauce épaisse, trempant sa lance. La brute furieuse abattit sur Yvain son pieu, le faisant ployer un instant, mais le chevalier se redressa et tira son épée. Son adversaire avait tellement confiance en sa force qu'il n'avait pas revêtu d'armure. L'épée l'atteignit efficacement, lui taillant une grillade dans la joue. Mais le géant répliqua avec vigueur, si bien qu'Yvain s'affaissa sur le col de son destrier. Voyant ce coup, le lion rugit, il hérissa sa crinière et se prépara à venir au secours de son maître. Emporté par la fureur, il bondit sur Harpin, déchirant aussi facilement qu'une écorce la peau d'ours qui le protégeait. De ses crocs, il lui arracha un gros morceau de hanche, tranchant nerfs et muscles. Le géant mugit comme un taureau furieux, car il était mortellement blessé. Brandissant son pieu, il voulut frapper le lion, mais le manqua, l'animal l'esquivant d'un bond en arrière. Yvain lui porta alors de terribles coups de son épée : il lui trancha l'épaule et lui enfonça la lame au milieu du foie. Harpin, frappé à mort, tomba à grand fracas, comme un chêne qu'on abat.

Tous ceux qui étaient aux créneaux se précipitèrent : le géant gisait sur le dos, la gueule ouverte face au ciel. Tout le monde arriva en courant, le seigneur, la fille avec sa mère. Les quatre frères, qui avaient tant souffert, étaient dans la joie. Ils auraient tous voulu retenir Yvain, mais le temps pressait, et ils savaient bien que le chevalier devait partir. Ils le supplièrent de revenir les voir, une fois sa mission accomplie. Mais Yvain ne pouvait leur donner aucune assurance : l'avenir était trop incertain.

Le chevalier demanda seulement au seigneur d'aller trouver Gauvain avec sa fille et ses fils, dès qu'il le saurait de retour. Qu'ils lui rapportent en détail tout ce qui s'était passé, afin de faire connaître cette aventure étonnante.

— Certes, dirent-ils, nous serons heureux de raconter tout ce que vous avez fait pour nous. Mais Gauvain nous demandera certainement qui a accompli cet exploit. Que lui dirons-nous ? Nous ne connaissons même pas votre nom !

— Voici ce que vous pourrez dire, quand vous serez devant lui : que je me nomme « le Chevalier au Lion ». C'est ainsi que je veux être appelé. Ajoutez de ma part, je vous prie, qu'il me connaît parfaitement et que je le connais moi aussi, même s'il ignore qui je suis. Je n'ai rien de plus à vous demander. À présent il faut que je parte d'ici, car j'ai déjà trop tardé et cela m'inquiète. Avant que midi soit passé, j'aurai fort à faire ailleurs, si je peux y arriver à temps.

9

Au secours de Lunette

Il les quitta donc sans attendre. Le seigneur lui avait proposé d'emmener avec lui ses quatre fils pour le servir, mais il ne voulait être accompagné de personne. Il galopa aussi vite que son cheval pouvait l'emporter, tout droit vers la chapelle.

Mais quand il y parvint, il vit que l'on avait déjà fait sortir la demoiselle ; le bûcher où l'on devait la brûler était préparé. Elle se tenait devant le feu, ligotée, toute nue dans sa chemise ; elle était aux mains de ceux qui l'accusaient de noirs projets auxquels elle n'avait même pas pensé.

Yvain, voyant Lunette devant le bûcher, fut saisi

d'une terrible angoisse, mais il garda au cœur sa confiance : il était certain que Dieu et la justice étaient de son côté. Il avait aussi un allié fidèle : son lion. Il se précipita à bride abattue au milieu de la foule, en criant :

— Arrêtez ! Laissez cette demoiselle, bande de canailles ! Il n'est pas juste qu'on la jette au bûcher, car elle n'a pas commis les fautes dont vous l'accusez.

Aussitôt, les gens s'écartèrent pour lui laisser le passage. Yvain chercha des yeux sa dame, Laudine, à laquelle il ne cessait de penser. Il finit par l'apercevoir, et son cœur bondit dans sa poitrine comme un cheval fougueux, mais il fallait le maîtriser et ne rien laisser paraître. Plein de joie et de douleur à la fois, il poussa un profond soupir, mais même les soupirs étaient de trop. À aucun prix il ne devait être reconnu. C'est alors qu'il entendit un groupe de malheureuses dames se plaindre, accablées de douleur.

— Ah, Seigneur Dieu, tu nous as bien oubliées ! Nous restons là égarées, abandonnées, puisque nous allons perdre une amie si bonne et si dévouée. Que Dieu maudisse ceux qui vont nous priver d'elle ! Comme elle a pu nous aider à la cour ! C'était sur son conseil que notre dame nous faisait cadeau de riches robes fourrées[1]. Notre sort a bien changé de visage maintenant. Il n'y aura plus personne pour parler en notre faveur, plus personne pour conseiller ces largesses[1] : « Chère dame, ce manteau doublé de fourrure, ce surcot ou bien cette cotte, donnez-les à cette noble femme ! Si vous les lui envoyez, elle en fera bon usage, car elle en a grand besoin ! » Jamais plus on n'entendra ces propos ; chacun ne pense qu'à soi, et plus personne ne sait être généreux et courtois.

C'est ainsi qu'elles se lamentaient, et monseigneur Yvaïn ne pouvait être indifférent à ces plaintes, car elles venaient du fond du cœur. Il vit Lunette agenouillée, dépouillée de tout sauf de sa chemise. Elle avait déjà fait sa confession[2], demandant pardon à Dieu pour ses péchés, petits ou grands. Et Yvain, qui lui portait une si grande affection, vint vers elle et la releva.

— Ma chère demoiselle, où sont ceux qui vous

---

1. Au Moyen Âge, un seigneur puissant se doit d'être généreux. Les chevaliers ou dames qui forment sa suite dépendent de ses *largesses* (actes de générosité). Ces dons sont en général en nature (chevaux, vêtements, bijoux). Une dame, maîtresse d'un riche domaine comme Laudine, a bien sûr les mêmes devoirs.

2. Chez les chrétiens, la *confession* consiste à avouer ses péchés à un prêtre, qui peut accorder le pardon de Dieu. Les *péchés* sont les fautes commises contre Dieu, quand on n'obéit pas à ses commandements. Il est particulièrement important de se confesser avant de mourir car, après la mort, Dieu jugera si l'on est digne d'aller en paradis ou non.

accusent ? À l'instant même, à moins qu'ils ne le refusent, le combat leur est offert !

Et la jeune fille, qui tenait sa tête baissée, leva vers lui les yeux pour répondre :

— Ah, seigneur, c'est Dieu qui vous envoie pour me secourir. J'ai bien besoin de vous. Ceux qui portent un faux témoignage sont ici, prêts à s'en prendre à moi. Si vous aviez tardé encore, je n'aurais plus été que charbon et cendres. Mais vous êtes venu pour me défendre ; que Dieu vous en donne la force, car moi, je suis totalement innocente du crime dont on m'accuse !

Le sénéchal, avec ses deux frères, avait entendu ces mots.

— Ah, femme ! Créature avare de vérité et généreuse de mensonge ! Il faut être complètement fou pour croire en ta parole et se charger du lourd fardeau de ta défense ! Le chevalier qui est venu pour toi est bien malchanceux, car il est seul et devra combattre contre nous trois. Mais je lui conseille de s'en retourner, avant que l'affaire ne se gâte pour lui !

Yvain répondit avec impatience :

— Seuls les lâches prennent la fuite ! Ce qui me fait peur, ce ne sont pas vos trois écus, mais l'idée de m'en aller piteusement, sans avoir porté un seul coup. Je suis en parfaite santé, et je serais un piètre chevalier si je vous abandonnais le terrain. Vos menaces ne me font pas peur. Ce que je vous conseille, c'est de renoncer à vos accusations contre la demoiselle. Vous l'avez calomniée, elle me l'a juré sur le salut de son âme[1], et j'ai confiance en sa parole. Jamais elle n'a trahi sa dame, ni en acte, ni en parole, ni en pensée. Je la défendrai de tout mon pouvoir, car c'est défendre le bon droit. Dieu est toujours du côté de la justice. Il sera donc avec moi dans ce combat.

Le sénéchal, poussé par un orgueil insensé, lui dit qu'il pouvait tout utiliser pour le combattre, à l'exception de son lion. Le chevalier répondit qu'il ne l'avait pas amené ici pour lui servir de champion, et qu'il comptait bien l'affronter seul. Mais si le lion l'attaquait, qu'il se défende au mieux. Il ne pouvait pas lui donner de garantie sur ce point.

— Si tu ne peux pas maîtriser ton lion, tu n'as qu'à t'en aller d'ici. Ce serait plus raisonnable d'ailleurs, car on sait bien dans ce pays que cette demoiselle a trahi sa dame. Il est donc juste qu'elle reçoive son salaire et périsse dans le feu et les flammes.

---

1. Formule de serment très solennelle : si l'on ment, on accepte que son âme ne soit pas sauvée (*salut*), c'est-à-dire qu'elle aille en enfer après la mort.

— Jamais, s'il plaît à Dieu ! dit Yvain, qui savait bien la vérité. Je ne connaîtrai plus aucune joie, si je ne parviens pas à la sauver.

Là-dessus, il demanda au lion de se retirer et de se coucher bien tranquillement. Immédiatement, la bête exécuta son ordre. Les adversaires n'avaient plus rien à se dire et se préparèrent à combattre. Les trois hommes s'élancèrent au galop vers Yvain, qui, lui, laissa son cheval au pas. Il ne voulait pas s'épuiser en chargeant de toutes ses forces. Il resta donc ferme sous l'assaut et les laissa briser leurs lances contre son écu, gardant la sienne intacte. Il s'éloigna alors d'une bonne longueur, puis revint soudainement sur eux. Le sénéchal devançait ses deux frères. Yvain lui porta de sa lance un coup si puissant qu'il le jeta à terre, où il resta évanoui. Mais les deux autres foncèrent sur lui, brandissant leurs épées nues, et lui assénèrent de grands coups. Il ripostait vaillamment. Un seul de ses coups en valait deux ! Il se défendait si vigoureusement qu'il ne cédait pas un pouce de terrain. Mais le sénéchal se releva et se précipita vers lui, joignant ses efforts à ceux des deux autres. Voici Yvain en difficulté : il était près de succomber, dominé par ses trois adversaires. Le lion ne le quittait pas des yeux. Son seigneur avait grand besoin d'aide, c'était évident. Au même moment, les dames de la cour, qui aimaient tant Lunette, suppliaient Dieu de tout leur cœur qu'il ne permette pas que son champion soit tué ou vaincu. Cette prière était le seul secours qu'elles pouvaient lui porter.

Mais le lion avait d'autres armes ! Il bondit sur le sénéchal, qui était à pied. Sous les griffes de l'animal, les mailles du haubert sautèrent comme des brins de paille. Il le plaqua au sol si rudement que l'épaule fut disloquée et le flanc arraché, laissant apparaître ses entrailles. Le sénéchal était perdu : il se roulait à terre dans le flot de sang vermeil qui jaillissait de ses plaies. Les deux autres continuaient de s'acharner sur Yvain, qui ne parvenait pas à prendre le dessus. Le chevalier essaya de renvoyer le lion à sa place, mais l'animal comprenait que son seigneur avait besoin de lui, et il attaqua férocement les deux frères. Ceux-ci ripostèrent et lui infligèrent coups et blessures. Yvain, voyant son compagnon atteint, s'enflamma de colère. Pour le venger, il déploya tous ses efforts et finit par anéantir la résistance de ses adversaires. Ils furent obligés de se rendre. Monseigneur Yvain avait donc remporté la victoire, grâce à l'aide du lion, qui avait reçu de nombreuses blessures. Le chevalier, lui-même couvert de plaies, était surtout inquiet pour son ami, qui souffrait beaucoup.

Il avait donc obtenu ce qu'il voulait : la demoiselle était sauvée. La dame, renonçant à sa colère, lui pardonna de tout son cœur. Quant aux autres, ils furent brûlés sur le bûcher qu'ils avaient préparé pour une innocente. Ce n'était que justice !

Lunette était tout à la joie d'être réconciliée avec sa dame. Tout le monde voyait bien que les deux femmes étaient ravies. Ils offrirent leurs services à leur seigneur, mais sans savoir qu'il l'était effectivement. Laudine aussi, qui possédait son cœur et pourtant l'ignorait, insista pour le garder. Qu'il reste au moins le temps de se reposer et de guérir les blessures de son lion !

— Dame, répondit-il, il m'est impossible aujourd'hui de séjourner en ce lieu. Il faut auparavant que ma dame me pardonne et renonce à sa colère contre moi. Alors seulement mes épreuves cesseront.

— Certes, j'en suis désolée. Je trouve qu'elle n'est pas très généreuse, cette dame qui vous garde rancune. Elle ne devrait pas interdire sa porte à un chevalier de votre valeur, à moins que vous n'ayez commis une faute très grave envers elle.

— Dame, même si j'en souffre cruellement, tout ce qu'elle juge bon de faire me plaît aussi. Mais ne me questionnez plus sur ma faute ni sur ma condamnation, car je n'en parlerai pour rien au monde, sinon à ceux qui les connaissent bien.

— Quelqu'un le sait donc, à part vous deux ?

— Oui, en vérité !

— Alors, dites-moi au moins votre nom, cher seigneur, et vous pourrez partir tout à fait quitte.

— Tout à fait quitte ? Non, certainement pas. Ma dette est trop grande pour que ce soit possible. Mais je ne vous cacherai pas le nom qui est le mien. Toutes les fois que vous entendrez parler du Chevalier au Lion, il s'agira de moi. C'est ainsi que je veux être appelé.

— Par Dieu, seigneur, comment se fait-il que nous ne vous ayons jamais vu, et que nous n'ayons jamais entendu parler de vous ?

— Dame, cela prouve que je ne suis pas très renommé !

— Je voudrais vous prier encore, sans vouloir vous ennuyer, de rester avec nous.

— Non, ma dame, je n'oserais. Il faudrait qu'avant je sois certain d'avoir retrouvé l'amour de ma dame.

— Eh bien, partez donc, cher seigneur, et que

Dieu vous protège ! Qu'il change en joie votre souffrance et votre détresse !

— Dame, que Dieu vous entende !

Puis il ajouta tout doucement à voix basse :

— Dame, c'est vous qui avez la clef ! C'est vous qui possédez l'écrin et la serrure qui enferment ma joie, et pourtant, vous l'ignorez !

Sur ces mots, il s'éloigna, le cœur plein de tourment. Personne ne l'avait reconnu. Lunette seule l'accompagna et il lui recommanda à nouveau de ne dire à personne qui avait été son champion. Elle le lui promit, et il lui fit une autre prière : qu'elle ne l'oublie pas, et qu'elle soutienne sa cause auprès de sa dame, si elle en avait l'occasion.

— Seigneur, taisez-vous, vous n'avez pas besoin de me demander cela. Soyez sûr que je mettrai toute mon habileté dans cette affaire : je n'y renoncerai jamais.

Il la remercia cent fois en la quittant, et reprit sa route, soucieux et affligé à cause de son lion. Il était obligé de le porter, car l'animal ne pouvait plus marcher. De son écu, il fit une litière, qu'il rembourra avec des mousses et des fougères ; il le coucha dessus bien doucement et l'emporta ainsi.

10

Les demoiselles de Noire-Épine

Monseigneur Yvain arriva au soir devant un beau manoir fortifié, portant toujours son lion étendu dans son écu. Trouvant la porte fermée, il appela. On vint aussitôt lui ouvrir. Yvain n'eut pas besoin de faire un long discours ; le portier saisit son cheval par la bride en l'accueillant chaleureusement :

— Cher seigneur, avancez ! S'il vous plaît de descendre ici, mon seigneur sera ravi de vous offrir l'hospitalité.

— J'accepte volontiers cette offre, car j'en ai très grand besoin.

Yvain franchit alors la porte et vit les gens de la

maison rassemblés. Ils vinrent à lui pour l'aider à mettre pied à terre, et ils posèrent bien doucement sur un perron l'écu où le lion était étendu. D'autres s'occupèrent du cheval pour le mettre à l'écurie, d'autres enfin le désarmèrent.

Apprenant son arrivée, le seigneur vint le saluer, avec son épouse, ses fils et ses filles. Ils l'accueillirent avec beaucoup de joie et lui procurèrent tout ce qu'il lui fallait. Voyant qu'il était fort mal en point, ils l'installèrent dans une chambre bien tranquille, et ils eurent la délicatesse de loger son lion à côté de lui.

Les deux filles du seigneur étaient expertes dans l'art de soigner les blessures. Elles s'occupèrent de lui, et aussi de son lion. Yvain resta assez longtemps au château, jusqu'au moment où ils furent tous deux suffisamment guéris pour reprendre la route.

Dans l'intervalle, il arriva que le seigneur de Noire-Épine rendit son âme à Dieu. Il n'avait que deux filles, et après sa mort elles se querellèrent. L'aînée annonça qu'elle prendrait possession de tout le domaine, sans restriction ; il n'était pas question qu'elle en cède une part à sa sœur. La cadette déclara que, dans ces conditions, elle irait chercher de l'aide à la cour du roi Arthur, afin de défendre ses droits sur les terres de son père[1].

L'aînée s'inquiéta, quand elle vit que sa sœur ne lui céderait pas toute la terre sans discussion. Elle pensa que, si c'était possible, elle irait à la cour avant sa sœur. Elle se prépara sans perdre un seul instant et parvint à la cour du roi. La cadette, malgré ses efforts, arriva trop tard, l'autre l'avait précédée.

La sœur aînée était allée trouver monseigneur Gauvain pour lui demander de défendre sa cause. Le chevalier, toujours prêt à accorder son aide aux dames et aux demoiselles, y avait consenti, mais à une condition : personne ne devrait apprendre de sa bouche l'accord qu'ils avaient conclu. Sinon, elle serait à jamais privée de ses services.

Quand la sœur cadette arriva à la cour, elle se présenta, vêtue d'un manteau d'écarlate doublé d'hermine. Il y avait trois jours que la reine était revenue de sa captivité chez le cruel Méléagant, avec tous les captifs que Lancelot avait fait libé-

---

1. Au Moyen Âge, la règle qui s'applique lors d'une succession est en général le *droit d'aînesse* : c'est l'aîné (ou la fille aînée, s'il n'y a que des filles) qui reçoit l'héritage. Mais l'aîné, même s'il a droit à la plus grande part, doit laisser au cadet de quoi vivre dignement (le tiers ou le quart de l'héritage, sous forme de terres ou de pension). La cadette a donc raison de se juger dépossédée.

rer[1]. Seul ce dernier manquait encore pour que la joie fût complète. Et le même jour arriva la nouvelle que le géant de la montagne, l'horrible Harpin, avait été vaincu par le Chevalier au Lion. Monseigneur Gauvain apprit toute l'histoire par ses neveux et sa nièce, qui lui racontèrent dans le détail comment ils avaient été délivrés. Il fut ravi, et aussi intrigué quand sa nièce lui dit qu'il connaissait leur sauveur, mais sans le savoir.

La plus jeune des demoiselles de Noire-Épine entendit ce récit. Mais elle était désespérée, car elle n'avait pas trouvé à la cour l'aide qu'elle était venue chercher. À ses prières, en effet, monseigneur Gauvain avait répondu :

— Chère amie, j'en suis désolé, mais il m'est impossible de vous satisfaire : je suis engagé dans une autre affaire, que je ne peux abandonner.

La jeune fille s'adressa alors au roi :

— Noble roi, je suis venue demander de l'aide auprès de votre cour, mais j'ai été déçue. Je suis très étonnée de ne trouver ici aucun soutien. Que ma sœur sache cependant que je souhaite un partage à l'amiable. Mais ce ne sera jamais par la force que je lui céderai mon héritage.

---

1. Allusion au dénouement du *Chevalier de la Charrette*, qui voit la victoire de Lancelot au bout de difficiles épreuves.

— Voici des paroles raisonnables, dit le roi. Puisqu'elle est ici, je vais lui recommander de vous laisser votre part.

Mais l'aînée était certaine d'avoir pour champion le meilleur chevalier du monde :

— Que Dieu m'anéantisse si je lui cède jamais le moindre château, la moindre ville, le moindre morceau de forêt ou de terrain ! Mais si un chevalier a l'audace de prendre les armes pour elle, qu'il se présente à l'instant !

— Ce serait contraire à toutes les règles, dit le roi. Pour trouver un champion qui défende sa cause, elle a besoin d'un délai d'au moins quarante jours. C'est ainsi que l'on procède dans toutes les cours.

— Noble roi, vous pouvez établir vos lois comme il vous convient, ce n'est pas à moi de vous critiquer. Je me résignerai donc à accepter ce délai, si elle le veut.

La cadette affirma qu'elle le voulait et le réclamait. Puis elle quitta la cour, bien résolue à chercher partout et sans trêve le meilleur chevalier du monde, celui qui se faisait appeler le Chevalier au Lion. Elle parcourut tout le pays sans en trouver la trace. Désespérée, elle finit par tomber malade d'épuisement. Elle eut la chance cependant d'arriver dans un château où demeuraient des proches qui l'aimaient beaucoup. Ils remarquèrent qu'elle était en mauvaise santé et s'efforcèrent de la retenir, afin qu'elle se repose. Elle leur conta toute son affaire. Une autre jeune fille se proposa pour se lancer dans la quête à sa place.

Cette demoiselle voyagea toute la journée à grande allure, jusqu'au moment où la nuit tomba. La pluie s'abattit alors avec une violence incroyable. L'obscurité était totale et elle prit peur. Elle s'était enfoncée dans le bois, le chemin était mauvais et glissant et son cheval trébuchait à tout moment. Une jeune fille seule, sans escorte, chevauchant au milieu des bois par une nuit profonde... vous imaginez sa terreur ! Elle suppliait Dieu, la Vierge Marie et tous les saints pour sortir de cette forêt et trouver un logis. Elle priait ainsi quand elle entendit le son d'un cor. La joie et le soulagement l'envahirent. Elle allait peut-être réussir à atteindre un abri. Elle trouva une chaussée pavée sur laquelle elle s'engagea. Par trois fois, le cor retentit encore : c'était un guetteur, qui l'avait aperçue de loin et qui cherchait à la guider. Elle arriva donc à un château aux murs blancs. On lui ouvrit la porte sans tarder, et le seigneur du lieu l'accueillit :

— Soyez la bienvenue, demoiselle, qui que vous soyez. Cette nuit vous aurez un bon gîte.

— Je ne désire rien d'autre pour ce soir !

Après un bon repas, son hôte lui demanda où elle allait et ce qu'elle cherchait.

— Ma foi, répondit-elle, je cherche un homme que je n'ai jamais vu. Mais un lion l'accompagne, et l'on m'a dit que, si je le trouve, je peux lui faire une entière confiance.

— J'en suis témoin moi-même, car Dieu me l'a envoyé quand j'étais dans la détresse. Il m'a vengé d'un ennemi mortel en le tuant sous mes yeux. Vous pourrez voir demain devant cette porte le corps d'un énorme géant, qu'il a promptement massacré.

— Par Dieu, seigneur, parlez-moi donc de lui ! Dites-moi surtout dans quelle direction il est parti !

— Je n'en sais rien, hélas, mais je vous conduirai demain au chemin qu'il a pris.

— Que Dieu me guide là où je pourrai avoir d'autres nouvelles de lui !

Le lendemain matin, au point du jour, la demoiselle était déjà levée pour reprendre sa route. Le seigneur, avec tous ses gens, l'accompagna jusqu'au chemin qui menait à la fontaine sous le pin.

Elle se hâta de suivre la route vers le château, et interrogea les premiers qu'elle rencontra : pouvaient-ils lui dire où trouver un chevalier accompagné d'un lion ? Ils lui apprirent qu'ils l'avaient vu vaincre trois adversaires en un seul combat, non loin d'ici. Elle les pressa d'en dire plus :

— Que sont-ils devenus ?

— Hélas, nous n'en savons rien ! Mais la demoiselle pour qui il a combattu saura peut-être vous donner de ses nouvelles. Elle est en ce moment à l'église pour écouter la messe. Allez vite la trouver !

Lunette sortait tout juste de l'église.

— La voilà ! dirent-ils.

Et la jeune fille se précipita à sa rencontre pour la saluer et l'interroger. Lunette fit aussitôt seller un palefroi. Elle allait elle-même l'accompagner à l'endroit où elle avait laissé le chevalier. Pendant la chevauchée, elle lui raconta son histoire : comment elle avait été accusée de trahison, emprisonnée et menée au bûcher, et comment enfin le Chevalier au Lion était venu à son secours. Elles étaient arrivées là où Yvain l'avait quittée.

— Suivez ce chemin, et vous rencontrerez certainement quelqu'un qui connaîtra de ses nouvelles. Je ne l'ai pas vu depuis, mais il n'est sans doute pas allé loin, car il était très faible. Il a bien dû chercher un endroit où se faire soigner. Allez, je ne puis vous accompagner davantage, car il me faut retourner auprès de ma dame.

La jeune fille trouva rapidement le manoir où monseigneur Yvain avait été hébergé et soigné avec tant de générosité. Le seigneur de la maison était là, devant la porte, avec tous les siens. Elle les salua et leur demanda des nouvelles du chevalier qu'elle cherchait.

— Mais qui est-ce ?

— C'est celui qui est toujours accompagné par un lion.

— Par ma foi, demoiselle, il vient tout juste de nous quitter ! Vous n'aurez pas de mal à suivre la trace des sabots de son cheval. Dépêchez-vous !

Ils la mirent sur la bonne route et elle partit sur-le-champ au galop. Que le chemin fût bon ou non, elle ne ralentit pas l'allure un instant. Elle finit par apercevoir un chevalier accompagné d'un lion. Enfin, c'était celui qu'elle avait cherché au prix de mille difficultés ! Elle poussa à fond son palefroi qui n'en pouvait plus, tout couvert de sueur, et parvint à le rejoindre. Elle s'arrêta à sa hauteur et le salua. Il lui répondit courtoisement :

— Que Dieu vous protège et vous délivre de tous vos tourments !

— Ah, seigneur, c'est vous qui pouvez m'en délivrer ! Comme je vous ai cherché ! Je me suis épuisée à vous poursuivre. Partout où je suis passée, on ne parle que de vos exploits. Dieu merci, je vous trouve enfin ! Je ne viens pas pour moi, mais de la part d'une dame de grande valeur. Elle est convaincue que vous êtes le seul à pouvoir l'assister dans une querelle qui l'oppose à sa sœur. Celle-ci veut la priver de son héritage. Si vous aidez mon amie à conserver les biens qui lui viennent de son père, vous aurez gagné toute sa reconnaissance, et votre renommée ne pourra qu'augmenter encore. Elle vous a cherché elle-même, mais l'épuisement l'a forcée à s'aliter. C'est donc moi qui suis venue vous supplier à sa place. Viendrez-vous la secourir ?

— Rassurez-vous, ma chère amie. Je ne refuserai pas d'aider cette demoiselle qui a besoin de moi. Nul chevalier ne peut garder sa renommée s'il ne porte pas secours à ceux qui sont dans la détresse. Je vous suivrai où vous voudrez, et je ferai tout mon possible pour elle, si Dieu veut bien m'aider à défendre son droit.

Ils chevauchèrent donc ensemble, et c'est ainsi qu'ils approchèrent du château de Pesme Aventure[1].

1. *Pesme Aventure* signifie « la pire aventure » : ce nom laisse donc prévoir qu'Yvain y rencontrera la plus difficile de ses épreuves.

11

Le château de Pesme Aventure

Le jour baissait, et ils décidèrent de ne pas aller plus loin. Ils prirent donc le chemin qui menait au château, et les gens qui les voyaient venir se mirent à pousser des cris hostiles :

— Malheur à vous, seigneur ! Vous n'êtes pas le bienvenu ! Celui qui vous a indiqué ce logis voulait votre malheur et votre honte.

— Pourquoi m'agresser ainsi ? Pourquoi tant de méchanceté ? Avez-vous perdu la raison ?

— Pourquoi ? Vous n'allez pas tarder à le savoir, si vous montez jusqu'à la forteresse là-haut !

Monseigneur Yvain se dirigea aussitôt vers la tour, tandis que les autres le poursuivaient de leurs huées :

— Où vas-tu, misérable ? Tu vas au-devant des insultes et des affronts !

— Gens sans honneur et sans bonté ! Pourquoi vous en prendre à moi ? Que me reprochez-vous ?

Mais une dame d'un certain âge s'approcha, et lui parla avec sagesse et courtoisie :

— Ami, inutile de te fâcher. Ce n'est pas par méchanceté que ces gens agissent ainsi. Ils t'avertissent, comprends-le bien, de ne pas aller te loger là-haut. Ils ne peuvent t'expliquer pourquoi, mais ils essayent de t'effrayer. Ils font de même pour tous ceux qui arrivent ici. C'est la coutume du lieu : elle nous interdit de bien accueillir les chevaliers valeureux. Pour le reste, c'est à toi de voir ! Personne ne t'empêche d'y aller. Mais si tu voulais me croire, tu ferais demi-tour.

— Dame, vos conseils sont sans doute sages. Mais si je reprenais la route, où logerais-je cette nuit ?

— Ma foi, cela ne me regarde pas, et je ne dirai plus rien. Je serais contente, pourtant, de te voir ressortir de là sans trop de honte. Mais hélas, c'est impossible.

— Dame, grand merci, et que Dieu vous bénisse ! Mais mon cœur me pousse à aller là-bas, et je ne peux lui résister, même si c'est une folie.

Il se dirigea vers la porte, avec son lion et la jeune fille. Le portier les interpella aussitôt :

— Malheur à vous ! Vous êtes arrivés dans un lieu dont vous ne repartirez pas facilement.

Ces paroles d'accueil étaient bien menaçantes.

Yvain passa sans répondre et se retrouva dans une grande salle haute. Au-devant, il y avait un préau entouré d'une enceinte de gros pieux pointus. Regardant entre les pieux, Yvain aperçut à l'intérieur de l'enclos trois cents jeunes filles en train de travailler. Elles tissaient des fils d'or et de soie, chacune du mieux qu'elle pouvait. Mais elles semblaient être dans la misère, car certaines étaient tête nue, et d'autres n'avaient même pas de ceinture. Leurs chemises étaient sales à l'encolure, et leurs cottes en lambeaux : leurs coudes passaient au travers des manches. Elles avaient le cou amaigri et le visage pâli par la faim et la souffrance. Quand elles aperçurent Yvain, elles baissèrent la tête et se mirent à pleurer, honteuses d'être vues ainsi. Elles étaient tellement désespérées qu'elles n'osaient lever les yeux vers lui.

Yvain les contempla, bouleversé de pitié, et fit demi-tour vers l'entrée. Mais le portier bondit et lui barra le passage :

— Impossible, beau maître ! Pas question de sortir ! Avant de repartir, vous aurez subi bien des humiliations. Vous préféreriez être dehors, maintenant, mais il est trop tard pour reculer !

— Ce n'est pas mon intention. Mais dis-moi, mon ami, les demoiselles que j'ai vues dans ce préau, d'où viennent-elles ? Les ouvrages d'or et de soie qu'elles tissent sont magnifiques et me plaisent beaucoup, mais ce qui me plaît moins, c'est de les voir maigres, pâles et affligées. Elles seraient pourtant belles et gracieuses, si elles n'étaient pas dans une telle misère.

— Ne comptez pas sur moi pour vous renseigner ! Trouvez quelqu'un d'autre !

Yvain se dirigea donc vers le préau et ouvrit la porte de l'enclos. Il s'avança vers les demoiselles et les salua. Mais elles continuaient de pleurer : les larmes coulaient le long de leurs visages sans pouvoir s'arrêter.

— Que Dieu vous vienne en aide, et change votre chagrin en joie !

— Dieu vous entende ! répondit l'une d'entre elles. Nous allons vous raconter notre histoire, seigneur. Vous comprendrez pourquoi nous sommes prisonnières et misérables sans l'avoir mérité. Il y a bien longtemps de cela, le roi de l'Île aux Pucelles[1] partit dans le vaste monde en quête d'aventure. Jeune et irréfléchi, il se jeta dans un effroyable péril : il arriva dans ce château où habitent deux fils de diable. Ne croyez pas que ce soit une fable : ils sont nés d'une femme et d'un netun[2]. Les deux démons allaient attaquer le jeune roi, qui n'avait pas encore dix-huit ans. Ils l'auraient massacré comme un jeune agneau. Comme il était terrifié, il s'en sortit comme il put : il jura qu'il enverrait ici chaque année trente jeunes filles de son royaume. Il devrait payer cette rançon pour pouvoir s'en aller sain et sauf. Et il fut fixé par serment que cet usage durerait toute la vie des deux démons. Le roi ne serait quitte de cette redevance que le jour où ils seraient vaincus dans un com-

1. Dans les légendes celtiques, l'*Île aux Pucelles* est un des noms donnés au royaume des fées. Ce monde féerique est souvent représenté comme une île peuplée de jeunes filles (*pucelles*) merveilleusement belles.

2. Le *netun* est une variété de diable. Son nom vient de la divinité marine des Romains, *Neptune*. En effet, le Moyen Âge chrétien a souvent eu tendance à assimiler les anciens dieux païens à des démons. L'union d'un diable avec une femme n'est pas rare dans les légendes.

bat. Alors seulement les jeunes filles pourraient être libérées.

» Mais pourquoi parler de libération ? Nous ne sortirons jamais d'ici, livrées à la honte, à la fatigue et à la misère. Toute notre vie, nous tisserons la soie, et n'en serons pas mieux vêtues. Toujours nous serons pauvres et nues, toujours nous aurons faim et soif. Le pain nous est rationné : peu le matin, et le soir encore moins. Nous avons beau nous épuiser au travail, nous ne gagnons pas assez pour nous nourrir, avec nos quatre deniers[1]. Et pourtant, chacune d'entre nous rapporte une livre par semaine : le fruit de notre travail ferait la fortune d'un duc ! Le maître de ces lieux, pour qui nous nous tuons à la tâche, s'enrichit de notre misère. Nous travaillons des journées entières et nous veillons la nuit pour accroître ses gains, car ce bourreau nous menace, si nous prenons du repos. Nous sommes abreuvées de chagrins et d'humiliations, et je ne vous raconte pas le quart de nos tourments ! Mais ce qui nous rend folles de douleur, c'est de voir ici des chevaliers vaillants, comme vous, qui sont obligés de se battre avec ces

1. Le *denier* est une monnaie de faible valeur, au contraire de la *livre*, qui vaut 240 deniers. Si l'on fait le calcul, on s'aperçoit que les tisseuses reçoivent un salaire égal à 1/60e de ce qu'elles rapportent au seigneur du château.

deux démons. Ils paient bien cher leur gîte, par la mort ou la honte ! Et c'est ce qui va se produire demain : vous allez devoir combattre, et perdre votre vie ou votre réputation.

— Je prie Dieu de m'accorder sa protection et, s'Il le veut, honneur et liberté vous seront rendus. Mais maintenant je vais vous quitter pour aller trouver le seigneur de ce château, et voir l'accueil qu'il me fera.

Yvain traversa la salle et la demeure sans rencontrer personne. Accompagné de la jeune fille et du lion, il entra enfin dans un verger. Là il vit un noble seigneur, allongé sur une riche couverture de soie. Installée à côté de lui, sa fille lisait à haute voix un roman. La mère était venue s'accouder auprès d'eux pour écouter la lecture. La jeune fille faisait la joie de ses parents. Elle n'avait pas dix-sept ans, mais elle était si belle et si gracieuse qu'elle aurait fait naître l'amour dans un cœur de pierre.

À l'arrivée d'Yvain, ils se levèrent pour le saluer :

— Entrez, cher seigneur, et que Dieu vous bénisse, vous et ceux que vous aimez !

Ils semblaient l'accueillir avec beaucoup de joie,

et ils firent tout pour l'honorer. La jeune fille l'aida à se désarmer et à se rafraîchir, comme son père souhaitait qu'elle le fasse pour ses hôtes. Elle sortit d'un coffre une belle chemise plissée et des braies blanches, et pour porter dessus, un magnifique surcot. Puis elle le revêtit d'un manteau d'écarlate fourré de petit-gris. Elle se donnait tant de mal pour lui faire honneur qu'Yvain en était fort gêné. Mais la jeune fille était si courtoise et bien élevée qu'elle s'acquitta parfaitement de cette tâche, que lui avait enseignée sa mère. Le soir, on leur servit un dîner somptueux, avec tant de plats qu'il y en eut trop. On l'accompagna avec beaucoup d'honneurs jusqu'à son lit, où on le laissa enfin seul ; son lion se coucha comme d'habitude à ses pieds.

Au petit matin, le chevalier se leva. Sa compagne le rejoignit et ils allèrent ensemble écouter la messe dans une chapelle. Yvain avait reçu de multiples avertissements, et il se doutait bien qu'il ne lui serait pas possible de partir du château. Il se souvenait aussi du sort des malheureuses jeunes filles captives. Mais il feignit de vouloir s'en aller pour voir ce que dirait son hôte si hospitalier. Quand il parla de prendre congé, le seigneur lui apprit qu'il n'en était pas question :

— Ami, ce congé, je ne vous le donne pas encore. Une coutume impitoyable est établie dans ce château, et je n'y peux rien changer. Je vais faire venir deux serviteurs, très grands et très féroces. Contre eux, de gré ou de force, vous devrez combattre. Si vous pouvez les vaincre, vous recevrez ma fille en mariage, avec ce château et toutes ses terres.

— Seigneur, je ne veux point de vos richesses. Quant à votre fille, gardez-la. Elle est si belle et si bien élevée que l'empereur d'Allemagne serait heureux de la prendre pour épouse !

— Ne dites rien de plus, mon cher hôte ! Vous ne pouvez repousser mon offre : ma fille, mon château et toute ma terre iront au vainqueur. Si vous êtes trop lâche pour vous battre, ce n'est pas en refusant ma fille que vous parviendrez à l'éviter. Ce combat ne peut être annulé : tout chevalier qui passe la nuit chez moi doit le livrer. C'est une coutume solidement établie, qui durera tant que ma fille ne sera pas mariée.

— Puisqu'il en est ainsi, je me battrai, mais bien malgré moi.

C'est alors que surgirent, noirs et hideux, les deux fils du netun. Ils étaient munis d'énormes bâtons fourchus renforcés de plaques de cuivre et de fil de laiton. Une armure les protégeait des épaules aux genoux, laissant la tête et le visage découverts, et les jambes nues. Ils étaient équipés en plus d'un bouclier rond, solide et léger, pour se protéger le visage lors du combat à l'épée.

Le lion commença à rugir, car il comprenait très bien, à la vue de leurs armes, qu'ils allaient attaquer son maître. La colère et le désir de combattre s'emparèrent de lui, le faisant hérisser sa crinière et battre le sol de sa queue. Voyant cela, les deux netuns dirent à Yvain :

— Vassal, éloignez d'ici ce lion qui nous menace ! Sinon, vous serez déclaré vaincu. Faites-le mettre à l'écart. Il ne doit pas vous porter secours.

— Faites-le partir vous-mêmes, si vous avez peur de lui ! S'il peut vous mettre à mal, je n'y vois rien à redire !

— Il n'en est pas question ! Vous devez combattre seul contre nous deux. Si le lion vous aidait, vous seriez deux contre deux. Ce serait contraire à la coutume.

— Et où voulez-vous qu'il aille ?

Ils lui montrèrent une petite chambre où Yvain enferma son lion. On alla chercher ses armes et son cheval, et il s'équipa rapidement. Aussitôt les deux netuns, n'ayant plus à craindre le lion, s'élancèrent sur lui. De leurs massues, ils lui portèrent des coups si rudes que ses armes ne lui servaient à rien : son heaume fut bien vite cabossé et disloqué, et son écu mis en pièces comme s'il avait été de verre. Face à eux, aiguillonné par la honte et la crainte, Yvain se défendait de toutes ses forces. Jamais de sa vie il n'avait donné des coups d'une telle violence.

Mais le lion dans la chambre s'agitait. Il se souvenait des bienfaits de son maître et aurait voulu l'aider à son tour. Il entendait le bruit des coups échangés dans ce combat périlleux et déloyal. Fou de rage, il cherchait une issue, fouillant de tous côtés. Examinant le sol près du seuil, il découvrit que le bas de la porte, tout pourri, cédait sous ses griffes. Il gratta tant et si bien qu'il put se faufiler et passer son corps jusqu'aux reins.

Yvain était épuisé et couvert de sueur. Les deux brutes, vigoureuses et endurcies, l'avaient harcelé de coups. Il avait riposté du mieux qu'il pouvait, mais ses adversaires étaient experts dans le maniement de l'épée. Leurs écus étaient étonnamment résistants et Yvain n'avait pu les entamer. Il savait sa vie menacée, mais il tenait bon pourtant.

À force de gratter le sol, le lion était parvenu à se dégager. Il bondit sur le premier des deux et le culbuta violemment à terre, comme il eût fait d'une bûche. Voilà les traîtres terrifiés, mais personne dans l'assistance ne les plaignait. Le second accourut. Le lion, qui avait terrassé le premier, se retourna alors contre lui. Le netun craignait bien plus le lion que le chevalier. Il tourna donc le dos à son adversaire, lui présentant sa tête et sa nuque à découvert. Il aurait fallu être fou pour ne pas profiter de l'occasion ! Yvain lui trancha la tête au ras du torse, si proprement que l'autre ne s'en rendit même pas compte. Il mit pied à terre aussitôt pour s'occuper de l'autre netun. Mais le lion lui avait fait une telle blessure que rien n'aurait pu le guérir : son épaule droite était complètement arrachée du buste. Mortellement blessé, il réunit ses forces pour dire :

— Éloignez votre lion, noble seigneur. Je me rends à votre merci[1], vous ferez de moi ce qu'il vous plaira. Seul un homme sans pitié pourrait le refuser.

---

1. La *merci* est, au Moyen Âge, la grâce, la faveur que l'on fait à quelqu'un en l'épargnant. Un combat *sans merci* est sans pitié, féroce. Quand on est *à la merci* de quelqu'un, on dépend de son bon vouloir, de sa faveur.

— Tu dois donc reconnaître que tu es vaincu, et que tu renonces au combat.

— Seigneur, cela se voit bien ! Je suis vaincu et je renonce au combat.

— Tu n'as donc plus rien à craindre de moi ni de mon lion.

La foule se rassembla aussitôt autour du chevalier pour lui faire fête. Le seigneur et la dame accoururent pour le féliciter et lui parler de leur fille :

— Vous êtes maintenant notre gendre et notre héritier, puisque vous allez vous marier avec notre fille. Nous vous la donnons bien volontiers pour épouse.

— Et moi, je vous la rends, seigneur. N'allez pas croire que je la méprise. Si je ne l'accepte pas, c'est parce que je ne dois pas le faire. Mais s'il vous plaît, délivrez, pour l'amour de moi, les jeunes filles que vous tenez prisonnières. Il est convenu, vous le savez bien, qu'elles pourront partir librement.

— Ce que vous dites est vrai, et je leur rends leur liberté. Mais prenez ma fille avec tous mes biens ; elle est belle et parfaitement élevée : vous ne pourriez faire un meilleur mariage !

— Seigneur, vous ignorez beaucoup de choses sur moi, et je ne peux vous en informer. Soyez sûr que j'accepterais votre fille, si j'étais en droit de le faire. Mais, à la vérité, il m'est impossible de prendre une épouse. Laissez-moi donc en paix là-dessus, car il est temps pour moi de partir. La jeune fille qui m'accompagne m'attend.

— Vous voulez partir ? Et comment ? Je suis le maître de ces lieux. Si je l'ordonne, ma porte restera fermée et vous serez mon prisonnier. Quel orgueil, quelle arrogance, de montrer un tel dédain pour ma fille !

— Du dédain, seigneur ? Je ne vous ai nullement insulté. Je vous ai seulement dit que je ne pouvais pas l'épouser, ni m'attarder à aucun prix. Mais je vous jure que, si je le pouvais, je reviendrais épouser votre fille !

— Je ne vous réclame aucun serment. Si ma fille vous plaît, vous reviendrez rapidement. Partez donc, je vous dispense de vos promesses. Que vous soyez retenu par la pluie, le vent, le gel, peu m'importe ! Je ne vous donnerai pas ma fille de force. Partez donc à vos affaires, cela m'est bien égal !

Aussitôt monseigneur Yvain s'en alla sans s'attarder davantage. Il emmenait avec lui les prisonnières libérées, que le seigneur lui avait remises, pauvres et mal vêtues. Mais à présent elles étaient riches, car elles avaient retrouvé l'espoir. Elles sortirent en cortège, deux par deux et, voyant Yvain, elles lui manifestèrent leur joie. Si Dieu était descendu du Ciel pour les sauver, elles ne seraient pas plus heureuses !

Tous les habitants du château, qui avaient accablé Yvain de propos malveillants, vinrent lui demander pardon pour leurs insultes. Mais le chevalier était généreux, il fit comme s'il avait tout oublié :

— Je ne comprends pas de quoi vous parlez. Vous n'avez jamais rien dit que je puisse prendre pour une insulte. Soyez rassurés, je ne vous en veux aucunement.

Réconfortés par ces propos généreux, ils faisaient l'éloge de sa courtoisie. Ils l'escortèrent quelque temps, puis le recommandèrent à Dieu. Les demoiselles aussi lui demandèrent congé et lui témoignèrent beaucoup de gratitude. Quand elles seraient dans leur pays, elles prieraient Dieu pour qu'il lui accorde protection, joie et santé, partout où il irait.

12

Yvain et Gauvain

Yvain poursuivit sa route à bonne allure, guidé par la jeune fille, qui connaissait bien le chemin. Elle le conduisit au château où elle avait laissé la jeune demoiselle de Noire-Épine, désespérée et malade. Mais quand celle-ci apprit l'arrivée de son amie avec le Chevalier au Lion, son cœur fut inondé de joie. Elle était sûre désormais d'obtenir la part d'héritage qui lui revenait. Elle accourut pour saluer Yvain et ses compagnons, encore amaigrie et affaiblie par la maladie et le tourment qu'elle avait subis. Mais ses souffrances étaient oubliées, tellement l'allégresse était grande.

Le lendemain elle partit avec Yvain, et ensemble ils voyagèrent jusqu'à la cour d'Arthur. Le roi s'y trouvait depuis deux semaines, ainsi que la demoiselle qui voulait déshériter sa sœur. Elle attendait l'arrivée de sa cadette en toute tranquillité. N'avait-elle pas pour elle monseigneur Gauvain, le meilleur chevalier du monde ? On était presque au quarantième jour du délai accordé. Un seul jour de plus et elle aurait tout l'héritage, sans contestation.

Monseigneur Yvain et la jeune fille n'étaient plus loin : ils couchèrent cette nuit-là dans une petite maison, et se dirigèrent de bon matin vers le château du roi. Arrivés à proximité, ils attendirent que midi soit largement passé pour parcourir les dernières lieues.

Gauvain avait passé la nuit dans les environs. Il se prépara à aller à la cour, mais avec une armure et un équipement que personne ne lui connaissait, car il voulait combattre incognito. Il savait en effet qu'aucun de ses frères d'armes ne voudrait, par amitié, se battre contre lui. À son arrivée, la sœur aînée le présenta au roi comme son champion :

— Seigneur, le temps passe. L'heure de none[1]

1. Quinze heures.

va bientôt sonner, et c'est le dernier jour. Voyez, je suis en état de défendre mon droit : si ma sœur devait revenir avec un champion, elle serait déjà là. Mais il est clair qu'elle ne peut faire mieux : elle s'est donné de la peine pour rien. Moi, j'ai toujours été prête à revendiquer ce qui m'appartient. J'ai donc gagné ma cause sans combat, puisqu'elle n'est pas là. Je vais rentrer dans mes terres et jouir en paix de mon héritage. Quant à ma sœur, je me moque totalement de son sort.

Le roi avait bien compris toute la déloyauté de la jeune fille.

— Amie, lui dit-il, vous êtes dans une cour royale. Vous devez attendre, c'est la règle, que le tribunal du roi ait rendu la justice. Il n'est pas encore temps de plier bagage. Votre sœur peut encore venir.

Le roi n'avait pas terminé sa phrase qu'il aperçut le Chevalier au Lion qui arrivait, suivi de la sœur cadette. Le lion n'était pas là : ils étaient partis en cachette, le laissant dans la maison où ils avaient passé la nuit. Le roi reconnut la jeune fille. Il était heureux de la voir, car sa sagesse et son sens de la justice lui montraient clairement qui avait raison dans la querelle. Il lui lança joyeusement :

— Avancez donc, belle amie, et que Dieu vous protège !

L'aînée tressaillit en entendant ces mots. Elle se retourna et vit sa sœur avec le chevalier chargé de défendre sa cause. Son visage devint livide.

La sœur cadette se dirigea vers le roi qui l'avait accueillie si chaleureusement et le salua :

— Que Dieu protège le roi et tous les siens ! Noble roi, je vous amène un champion qui défendra mes droits, si vous le voulez bien. Ce noble et généreux chevalier avait fort à faire ailleurs, mais, voyant ma détresse, il a tout quitté pour venir me secourir. Je lui serai toujours reconnaissante. Maintenant je m'adresse à ma très chère sœur : qu'elle soit assez courtoise pour me laisser seulement ce qui m'appartient de droit, et la paix régnera entre nous. Je ne demande rien de ce qui lui revient.

— Moi non plus, dit l'autre, je ne revendique pas ce qui te revient, car tu ne possèdes rien ! Tu peux faire tous les beaux sermons[1] que tu voudras, tu es ma cadette et tu n'obtiendras jamais rien. Tu pourras en sécher de chagrin !

---

1. Discours de morale faits par les prêtres et les religieux.

Mais la cadette ne manquait ni de sagesse ni de courtoisie. Elle sut bien lui répondre :

— Quel malheur, ma sœur, de voir deux vaillants chevaliers se battre pour une si petite querelle ! J'en suis désolée. Je ne peux pourtant pas renoncer à faire valoir mes droits. Alors accordez-moi de bon gré ce qui m'appartient.

— Je serais bien sotte de t'abandonner quoi que ce soit ! Que je brûle en Enfer si je te donne de quoi vivre ! On verra l'eau de la Seine remonter jusqu'à sa source avant que tu obtiennes rien de moi, autrement que par la victoire de ton champion.

— Je n'ai donc plus qu'à faire confiance à la justice de Dieu. Qu'il aide ce chevalier à démontrer mon bon droit !

Le temps des paroles était terminé. Elles amenèrent leurs champions au milieu de la cour. Toute la foule se rassembla, excitée à l'idée d'assister à un combat. Ceux qui allaient se battre ne se reconnaissaient pas, et pourtant ils étaient les meilleurs amis du monde. Ne sont-ils plus des amis ? Je vous répondrai oui et non à la fois, car je peux démontrer l'un et l'autre.

En vérité, monseigneur Gauvain aime Yvain, c'est son meilleur compagnon. Et Yvain aime

Gauvain de la même façon : s'il le fallait, il mettrait sa tête à couper pour lui. Gauvain en ferait tout autant. N'est-ce pas là un amour parfait ? Oui, certainement !

Et la haine ? N'est-elle pas aussi évidente ? Oui, quand on les regarde maintenant, prêts à s'élancer : chacun ne pense qu'à briser la tête de l'autre, ou à le malmener jusqu'à ce qu'il s'avoue vaincu ! Yvain veut-il tuer son ami Gauvain ? Oui, c'est vrai, et monseigneur Gauvain ne songe qu'à tuer Yvain de ses propres mains.

Ma foi, j'ai bien prouvé qu'amour et haine sont présents en eux. Mais cet amour, ils l'ignorent, et c'est la haine qui va les guider ! Ils vont se lancer dans un combat acharné, et j'ai bien peur qu'ils ne s'arrêtent qu'à la mort de l'un d'eux. Quel malheur si les deux amis devaient s'entretuer !

Ils prirent tous les deux leurs distances, puis lancèrent leurs chevaux au galop. Au premier choc, leurs bonnes lances de frêne se brisèrent. Quel malheur ! Si seulement ils s'étaient parlé, ils auraient pu se reconnaître ! Ils auraient tous deux lâché leurs armes pour courir s'embrasser ! Mais non, ils cherchaient au contraire à s'infliger les pires blessures. Les heaumes et les écus étaient déjà tout cabossés et transpercés. Le tranchant des épées s'ébréchait et s'émoussait, car ils mettaient toutes leurs forces dans cet assaut. Ils frappèrent alors avec le pommeau[1] des épées : les pierres précieuses qui ornaient les heaumes tombèrent à terre, pulvérisées. Les coups pleuvaient sur les fronts, les nez, les joues. Les chairs tuméfiées éclataient, laissant ruisseler le sang. Les hauberts déchirés et les écus en pièces ne les protégeaient plus. Les voilà blessés tous les deux. Ils n'en continuaient pas moins à se battre avec ardeur.

Ils reculèrent un peu pour reprendre souffle et calmer les battements de leurs cœurs. Mais cette pause fut de courte durée. Ils s'élancèrent de nouveau l'un sur l'autre, avec encore plus d'acharnement.

Les spectateurs du combat étaient impressionnés : ils n'avaient jamais vu de chevaliers aussi courageux. Quel dommage que deux hommes d'une telle valeur risquent de s'entretuer pour une querelle entre sœurs ! Ils essayèrent de réconcilier les deux jeunes filles. Mais l'aînée ne voulait rien entendre. La cadette était bien plus raisonnable et s'en remettait à la décision du roi. Tous pensaient qu'elle avait raison et s'employaient à convaincre

1. Poignée de l'épée.

l'aînée. La reine Guenièvre elle-même vint avec les chevaliers prier le roi de régler le conflit en donnant à la cadette un tiers ou un quart des terres. Il fallait trouver un moyen de mettre un terme au combat ! Mais le roi Arthur dit qu'il ne pouvait rien faire tant que l'aînée s'obstinait dans sa position.

Les deux chevaliers cependant continuaient de s'accabler de coups avec un acharnement hors du commun. Chacun d'eux était stupéfait de voir l'autre lui résister aussi farouchement. Leurs corps étaient épuisés, leurs bras douloureux, et le sang coulait de leurs blessures à travers les hauberts. Ils souffraient tous deux terriblement. Ils se battirent longtemps ; le soir commençait à descendre, et aucun ne parvenait à prendre le dessus, tellement leur valeur était égale.

La nuit qui tombait, et l'impossibilité de triompher de l'autre, tout cela les incitait à faire la paix. Mais avant de quitter le champ de bataille, chacun tenait à savoir qui était son adversaire. Monseigneur Yvain parla le premier, mais sa voix était si faible et si cassée que l'autre ne la reconnut pas :

— Seigneur, la nuit approche. Je pense que personne ne pourra nous reprocher d'interrompre le combat, puisque c'est la nuit qui nous sépare.

Mais pour ma part, je peux vous dire que je vous crains et que je vous admire. Jamais, de toute ma vie, je n'ai autant souffert dans une bataille, et jamais je n'ai rencontré d'adversaire que je souhaite autant connaître. Vous m'avez véritablement assommé de coups !

— Ma foi, dit monseigneur Gauvain, je suis moi-même complètement étourdi par ceux que j'ai reçus de vous. Vous m'avez rendu avec intérêt ceux que j'ai pu vous donner ! Mais puisque vous voulez savoir par quel nom on m'appelle, sachez que je me nomme Gauvain, fils du roi Lot.

Yvain, stupéfait, éperdu, resta un moment sans voix. Puis saisi de colère et de chagrin, il jeta à terre son épée rouge de sang et son écu en morceaux. Mettant pied à terre, il s'écria :

— Hélas ! Quel malheur ! Comment avons-nous pu nous battre ainsi sans nous reconnaître ? Si j'avais su qui vous étiez, je n'aurais jamais livré combat, j'aurais préféré me déclarer vaincu d'avance !

— Comment ? Qui êtes-vous ?

— Je suis Yvain, l'homme qui vous aime le plus au monde ! Et vous-même m'avez toujours aimé et honoré en tous lieux. Mais je veux réparer le mal que j'ai pu vous faire : je me déclare vaincu !

— Vous feriez cela pour moi ? En vérité, je serais insensé si j'acceptais ! C'est moi qui me déclare vaincu !

— Ah, cher seigneur, c'est impossible ! Vous voyez bien que je ne peux plus tenir debout !

— Pas du tout, c'est moi qui suis dompté et anéanti !

En poursuivant la discussion, Gauvain descendit de cheval. Les deux amis tombèrent dans les bras l'un de l'autre, chacun continuant de se proclamer vaincu. Le roi et les barons accoururent et firent cercle autour d'eux. Ils étaient stupéfaits de voir ces farouches adversaires se manifester tant de joie.

— Seigneurs, dit le roi, dites-nous d'où vient cette soudaine amitié, alors que vous avez passé la journée à vous battre avec tant de haine !

— Seigneur, vous allez tout savoir, dit monseigneur Gauvain. La malchance est à l'origine de ce combat. Puisque vous voulez connaître la vérité, sachez que je suis Gauvain, votre neveu. Je n'ai pas reconnu mon ami, monseigneur Yvain, que voici. Par chance, il m'a demandé mon nom, et c'est ainsi que nous nous sommes reconnus. Mais nous nous étions déjà bien battus, et cette rencontre aurait pu très mal tourner si elle s'était prolongée encore. Il m'aurait sans doute tué, car sa vaillance est grande, et aussi parce que je défends une mauvaise cause.

Quand Yvain entendit ces mots, son sang ne fit qu'un tour :

— Seigneur, ne parlez pas ainsi ! Le roi doit savoir que dans ce combat, le vaincu, c'était moi, et sans aucun doute !

— Non, c'était moi !

— Mais non, c'est évident !

Ils étaient tous deux si courtois que chacun désirait voir couronner l'autre, et aucun ne voulait la victoire pour soi. Le roi était très heureux de les voir ainsi rivaliser de générosité et d'amitié, alors qu'ils venaient de s'infliger de multiples blessures. Il mit fin à la querelle :

— Seigneurs, il y a entre vous beaucoup d'affection, et vous le montrez bien en voulant tous deux vous déclarer vaincus. Vous allez maintenant vous en remettre à moi pour prononcer le jugement. Je vais arranger l'affaire à la satisfaction de tous.

Ils jurèrent de se plier à la décision du roi. Celui-ci annonça qu'il allait régler le conflit en toute justice.

— Où est la demoiselle qui a chassé sa sœur

hors de sa terre et l'a déshéritée de force et sans aucune pitié ?

— Me voilà, seigneur !

— Vous êtes là ? Avancez donc ! Je savais depuis longtemps que vous cherchiez à la déshériter. Son droit ne sera plus contesté, puisque vous venez de dire la vérité. Vous allez lui laisser sa juste part dans cette succession.

— Ah, seigneur roi ! J'ai fait une réponse bien sotte ! Ne me prenez pas au mot ! Par Dieu, seigneur, ne m'accablez pas ! Gardez-vous de commettre une injustice !

— C'est précisément pour ne pas commettre une injustice que je veux rétablir votre sœur dans ses droits. Vous venez d'entendre que vos deux champions s'en sont remis à moi. C'est donc à moi de juger. Tout le monde a clairement vu que le tort est de votre côté. Vous allez donc faire ma volonté en tout point, sinon je déclarerai que mon neveu a été vaincu dans ce combat, et ce sera bien pire pour vous !

Le roi n'avait pas l'intention d'en venir là, mais il avait bien compris que la sœur aînée ne céderait qu'à la menace. Elle prit peur en effet, et ne put que répondre :

— Seigneur, il me faut donc accomplir votre

volonté, mais cela me brise le cœur. Je le ferai pourtant, et ma sœur aura sa part de mon héritage.

— Vous allez l'investir immédiatement de son fief[1]. Ainsi elle sera votre vassale et vous sa suzeraine. Vous vous devrez l'une à l'autre affection et respect.

Le roi régla ainsi l'affaire, et reçut les remerciements de la sœur cadette, fort heureuse de rentrer en possession de sa terre. Mais il était temps pour les deux chevaliers de quitter leurs armures, ce que chacun fit, à la demande du roi. C'est à ce moment qu'on vit accourir le lion, qui avait suivi la trace de son maître. Le retrouvant enfin, il manifesta une joie incroyable. Vous auriez vu les gens reculer !

— Restez donc ! fit Yvain. Pourquoi prendre la fuite ? Vous n'avez rien à craindre de mon lion, croyez-moi. Il est à moi et je suis à lui : c'est mon compagnon fidèle, et il ne vous fera aucun mal.

Tous comprirent alors qu'il s'agissait du lion dont ils avaient entendu raconter les exploits. C'était lui qui avait aidé le chevalier inconnu à

1. Le *fief* est une terre accordée par le *suzerain* à son *vassal* lors de la cérémonie de l'*investiture*. Cette terre permet au vassal de vivre, et il doit à son suzerain aide et loyauté. En contrepartie, le suzerain lui accorde sa protection. On nomme *contrat vassalique* cet ensemble de droits et de devoirs réciproques.

triompher du cruel géant, Harpin de la Montagne. Et ce chevalier, c'était Yvain.

— Seigneur, s'écria Gauvain, quelle honte pour moi de vous avoir combattu aujourd'hui ! Je vous ai bien mal récompensé du service que vous m'avez rendu en sauvant mes neveux et ma nièce. Croyez-moi, je me suis souvent demandé qui pouvait être ce Chevalier au Lion, dont je n'avais jamais entendu parler, et qui pourtant me connaissait.

Quand ils se furent désarmés, le lion s'élança vers son seigneur, et lui témoigna autant d'affection qu'une bête muette peut le faire. Les chevaliers furent emmenés dans une chambre tranquille où l'on soigna leurs blessures : ils en avaient bien besoin. Le roi, qui les aimait beaucoup, leur envoya son chirurgien, l'homme le plus expert qu'on connût dans l'art de guérir les plaies. Ils furent tous les deux bientôt guéris.

13

Retour à la fontaine

Monseigneur Yvain resta à la cour le temps qu'il fallait pour que ses plaies se referment. Mais si son corps était guéri, son cœur souffrait mille tourments. À quoi bon vivre, s'il restait séparé pour toujours de Laudine ? Si sa dame n'avait pas pitié de lui, il finirait par mourir d'amour et de chagrin.

Voilà le projet qu'il forma : il quitterait la cour tout seul et irait à la fontaine. Là, il déclencherait la plus effroyable des tempêtes : les vents, la pluie et la foudre se déchaîneraient, et sa dame serait peut-être obligée, par crainte et par nécessité, de faire la paix avec lui, puisque la fontaine n'avait plus de défenseur. Si elle ne voulait rien entendre, il ne cesserait de lui faire la guerre en déclenchant pluies et vents.

Yvain s'en alla donc avec son lion, qui ne l'aurait abandonné pour rien au monde. Il arriva à la fontaine, et là, il déchaîna la tempête la plus terrifiante qu'on eût jamais vue. Vous pouvez me croire : l'orage fut si terrible qu'on aurait dit que la forêt entière allait être réduite à néant. La dame avait peur que son château ne s'effondre d'un seul coup : les murailles et même le donjon tremblaient, prêts à s'écrouler. Terrorisés, les habitants priaient le Ciel et maudissaient leurs ancêtres pour avoir construit leurs maisons dans un tel pays. Cette fontaine était une véritable malédiction, car elle permettait à un seul homme de venir les assaillir et les torturer à son aise.

— Ma dame, fit Lunette, il vous faut prendre une décision. Vous ne trouverez personne ici qui accepte de vous aider dans ce péril. Pas un de vos chevaliers n'osera défendre la fontaine, et quand on saura que l'assaillant n'a trouvé personne en face de lui, tout le monde pensera que ce château est une proie facile. Jamais plus nous ne connaîtrons la paix, jamais nous n'oserons seulement passer la porte, tant que la fontaine ne sera pas défendue. Vous êtes dans une situation critique, si vous ne trouvez remède à la situation.

— Et où le trouver ? Toi qui es si avisée, donne-moi un conseil !

— Dame, je vous conseillerais volontiers, mais je n'ose plus m'en mêler. Prenez un autre conseiller plus sage que moi. Je supporterai avec les autres la pluie, le vent et la tempête, jusqu'à ce que vous ayez trouvé un chevalier assez vaillant pour assumer la charge de défendre la fontaine.

— C'est impossible. Tu sais bien que je ne peux pas compter sur mes hommes. Mais toi, sois une véritable amie : aide-moi de ta sagesse et de ton bon sens.

— Dame, si l'on pouvait trouver ce chevalier qui tua le géant Harpin de la Montagne et qui vainquit le sénéchal et ses frères, il pourrait peut-être nous sauver. Il faudrait aller le chercher, mais vous vous souvenez de ses paroles : aussi longtemps qu'il sera en guerre avec sa dame, aussi longtemps que durera sa colère contre lui, il ne saurait accepter aucune mission. Il est désespéré, et il ne nous aidera que si l'on peut lui jurer de tout faire pour le réconcilier avec sa dame.

— Assurément, s'écria Laudine, je suis prête à faire tout ce qui est en mon pouvoir pour cela.

— Dame, je suis certaine que vous le pouvez, et encore plus que vous ne le pensez. Mais je préfère prendre votre serment avant de me mettre en route.

Laudine accepta, et Lunette fit venir de la chapelle un reliquaire[1] très précieux.

— Dame, mettez-vous à genoux et levez la main pour prêter serment. Je ne veux pas que dans quelques jours vous m'accusiez de traîtrise. Dans cette affaire, vous ne faites rien pour moi. C'est dans votre intérêt que vous agissez. Jurez donc que vous emploierez toutes vos forces en faveur du Chevalier au Lion, jusqu'à ce qu'il ait retrouvé l'amour de sa dame !

— Je le jure mot pour mot. Devant Dieu et devant les saints, je ferai tout mon possible pour lui rendre l'amour de sa dame !

Lunette avait fait là du bon travail. Elle venait d'accomplir ce qu'elle désirait le plus au monde. Le visage rayonnant, elle monta sur son palefroi et chevaucha jusqu'à la fontaine. Elle trouva Yvain sous le pin, et le reconnut grâce à son lion. Elle

---

1. Petit coffre précieux qui contient des *reliques* (restes d'un saint : morceaux d'os ou de vêtement), très respectées au Moyen Âge par les chrétiens. Un serment prêté sur les reliques est extrêmement solennel. Le rompre (*se parjurer*) est déshonorant et mérite la punition de Dieu.

mit pied à terre. Tous deux étaient ravis de se retrouver.

— Ah, seigneur, comme je suis contente de vous trouver si près ! Je n'en espérais pas tant !

— Comment ? Vous me cherchiez donc ?

— Oui, seigneur, et je n'ai jamais été aussi heureuse ! J'ai obtenu de ma dame un serment : elle a juré qu'elle se réconcilierait avec vous. Elle sera votre dame et vous son époux, à moins de se parjurer.

Monseigneur Yvain était bouleversé. Il ne pensait pas entendre un jour cette nouvelle. Il serra contre son cœur Lunette, plein de reconnaissance pour celle qui lui avait procuré cette joie.

— Amie, je ne pourrai jamais vous rendre le centième de ce que je vous dois. Grâce à vous je retrouve enfin le bonheur.

— Seigneur, ne vous inquiétez pas ! Vous aurez encore l'occasion de faire le bien, à moi et à d'autres. J'avais moi-même une dette envers vous, et je n'ai fait que mon devoir.

— Par Dieu, vous avez fait cinq cents fois plus !

— N'en discutons plus, et partons. Il est temps d'aller voir ma dame.

— Mais lui avez-vous dit qui j'étais ?

— Non, par ma foi. Je ne lui ai parlé que du Chevalier au Lion, et elle ignore qui il est.

Ils arrivèrent au château, suivis par le lion. Une fois dans l'enceinte, ils ne parlèrent à personne avant de se trouver devant la dame. Très heureuse de leur venue, Laudine les accueillit. Monseigneur Yvain, toujours revêtu de son armure, tomba à genoux à ses pieds. Aussitôt Lunette intervint :

— Dame, relevez-le, et faites tout ce que vous pouvez pour qu'il obtienne le pardon de sa dame ! Personne au monde ne le peut mieux que vous !

La dame l'invita avec douceur à se relever et, s'adressant à Lunette :

— Je suis prête à tout faire pour lui, puisque tu m'affirmes que c'est possible. Qu'il dise sa volonté et ses désirs.

— Assurément, ma dame, je ne l'aurais pas dit si je n'en étais pas sûre ! Personne n'a autant de pouvoir que vous. Je vais donc vous dire la vérité : jamais vous n'avez eu et jamais vous n'aurez d'ami meilleur que celui-ci. Que Dieu fasse régner entre vous la paix et l'amour, et cela pour toujours ! Dame, pardonnez-lui et oubliez votre colère, car il n'a d'autre dame que vous. C'est monseigneur Yvain votre époux.

La dame sursauta à ces mots.

— Que Dieu me protège ! Tu m'as bien prise au piège de tes paroles ! Tu prétends me faire aimer contre mon gré un homme qui n'a ni amour ni respect pour moi ? Le beau service que tu me rends ! J'aime mieux, ma vie durant, supporter orages et tempêtes !... Mais se parjurer est un acte ignoble et méprisable. Ma colère et ma rancune ont longtemps couvé en moi comme un feu brûlant, le souvenir de sa faute... mais il faut l'oublier maintenant, puisque j'ai juré de me réconcilier avec lui !

Monseigneur Yvain comprit à ces paroles que l'espoir lui était permis.

— Dame, on doit avoir pitié du pécheur, quand il reconnaît sa faute ! C'était pure folie de m'attarder loin de vous, et de manquer à ma parole. J'ai payé très cher mon aveuglement, et ce n'était que justice. Il me faut aujourd'hui une grande audace pour reparaître devant vos yeux, mais si vous voulez bien me garder auprès de vous, jamais plus je ne commettrai la moindre faute à votre égard.

— Oui, j'y consens, car je serais parjure si je ne faisais pas tout pour me réconcilier avec vous. Puisque c'est votre désir, je vous l'accorde.

— Ah, ma dame, soyez mille fois remerciée !

Par Dieu, nul homme au monde ne peut être aussi heureux que moi, après avoir été aussi malheureux par amour.

Voici monseigneur Yvain pardonné. Après mille tourments, il avait retrouvé le bonheur. Sa dame l'aimait et le chérissait, et il le lui rendait bien. Quant à Lunette, elle était très heureuse : n'avait-elle pas réussi à réconcilier pour toujours monseigneur Yvain, le parfait amant, avec sa dame, la parfaite amie ?

Et moi, Chrétien de Troyes, je termine ici mon roman, *Le Chevalier au Lion*. Il n'y a plus rien à dire sur monseigneur Yvain et la Dame de la Fontaine. Celui qui ajouterait quelque chose à l'histoire ferait un mensonge !

POUR MIEUX COMPRENDRE *YVAIN*

L'auteur et son temps

Que savons-nous de Chrétien de Troyes ? Bien peu de choses, à la vérité. Troyes étant alors la capitale de la Champagne, on peut en déduire une origine champenoise, et rien d'autre. Ce nom est avant tout une signature : il apparaît au début et parfois à la fin de la plupart de ses œuvres. C'est ce qui permet de lui attribuer un certain nombre de romans, écrits entre 1170 et 1190, parmi lesquels les plus célèbres sont *Érec et Énide*, *Yvain ou le Chevalier au Lion*, *Lancelot ou le Chevalier de la Charrette*, et enfin *Perceval ou le Conte du Graal*.

Si nous ignorons tout de sa vie, nous savons, toujours par les prologues de ses œuvres, dans quel milieu il a fait carrière. Ses romans sont en effet dédiés à de puissants protecteurs. Si le dernier, *Perceval*, a été écrit pour Philippe d'Alsace, comte de Flandre, tous les autres l'ont probablement été pour Marie de Champagne. La comtesse de Champagne est la fille d'Aliénor d'Aquitaine et du roi de France Louis VII. Épouse du comte Henri Ier de Champagne, elle est le centre d'une cour raffinée et lettrée. Comme sa mère Aliénor, elle fait venir à sa cour des troubadours et contribue à la diffusion d'une nouvelle conception de l'amour, que l'on appellera « amour courtois ».

Cette cour de Champagne montrera aussi un goût très vif pour les récits d'inspiration celtique, tout comme celle d'Aliénor, qui avait épousé en secondes noces Henri II Plantagenêt, roi d'Angleterre. C'est dans ce fonds légendaire celtique que Chrétien puisera les thèmes de ses romans, appelés parfois « romans bretons », ou « romans arthuriens ».

La légende du roi Arthur

Chrétien est le premier romancier à avoir situé ses œuvres dans le cadre de la cour du roi Arthur. Son public connaît cependant déjà, dans les grandes lignes, les principales composantes de ce monde arthurien légendaire. Des conteurs celtiques circulant entre la France et les îles Britanniques ont assuré la transmission orale de ces légendes. Des clercs plus savants les ont mises par écrit en latin, dans des chroniques aux prétentions historiques. Ainsi, l'*Historia regum Britanniae* (*Histoire des rois de Bretagne*), composée en 1136 par Geoffroy de Monmouth, raconte l'histoire du roi Arthur et de ses chevaliers. Les principales silhouettes de son entourage, la reine Guenièvre, son neveu Gauvain et le sénéchal Keu, y sont présentes, ainsi que l'enchanteur Merlin et la fée Morgane, avec leurs pouvoirs magiques.

Arthur, selon cette tradition, est roi de Bretagne. Mais par Bretagne il faut entendre tout un vaste territoire celtique comprenant l'Angleterre ou Terre de Logres, et le pays de Galles. D'autres royaumes, celtiques également, l'entourent : l'Irlande, la Cornouailles et l'Armorique (c'est la Bretagne française, appelée parfois « Petite Bretagne », par opposition à la Grande-Bretagne). C'est un grand roi conquérant à la réputation glorieuse. Il s'entoure d'un compagnonnage guerrier, les chevaliers de la Table Ronde, dont les exploits font grandir le prestige de sa cour. Souverain généreux et sage, il s'efforce de faire régner le droit et la justice.

Son épouse Guenièvre représente à ses côtés un modèle de beauté, de sagesse et de courtoisie. Habile à parler et de bon conseil, elle contribue à l'harmonie de la cour. Parmi les chevaliers, deux figures presque constamment présentes : Keu le sénéchal, avec sa langue de vipère, son arrogance et sa brutalité, et, à l'opposé, Gauvain, dont la vaillance incontestable est tempérée par la vertu de mesure.

La Table Ronde, autour de laquelle se retrouvent périodiquement le roi et ses chevaliers, a été instituée sur les conseils de l'enchanteur Merlin. Pourquoi une table ronde ? Les longues tables de l'époque, avec des places plus ou moins honorifiques, étaient le reflet de la société féodale réelle, fortement hiérarchisée. La Table Ronde est donc une société idéale, car elle supprime les préséances et permet de placer les chevaliers dans une égalité parfaite. Dans les romans arthuriens, elle fonctionne comme le centre du monde : c'est d'elle que les chevaliers partent à la recherche d'exploits, qui leur permettront de prouver leur valeur. C'est vers elle qu'ils reviennent conter leurs aventures.

Les légendes celtiques

Le fonds celtique n'a pas seulement fourni au roman le cadre de la cour d'Arthur. Chrétien de Troyes lui a également emprunté un certain nombre de thèmes mythiques ou légendaires.

La mythologie celtique, ainsi que les légendes qui en dérivent, accordait un rôle essentiel à l'élément aquatique, qui servait de frontière entre le monde des humains et le monde féerique, peuplé d'êtres surnaturels, divinités ou fées. Passer la mer, franchir une rivière, avoir accès à un lac ou une fontaine, tous ces actes pouvaient conduire vers l'Autre Monde le héros destiné à l'aventure.

On ne sera donc pas étonné, dans *Yvain*, de voir le merveilleux se concentrer autour de la fontaine magique. À l'origine de notre roman, il y a une légende de fée de la fontaine. Toucher à la fontaine, c'est tenter de s'emparer de la fée : d'où le déchaînement de la tempête et l'apparition d'un défenseur.

C'est tout l'ensemble de l'aventure, racontée par Calogrenant, qui s'éclaire quelque peu à la lumière de la mythologie celtique. Ses divinités, en effet, sont douées du pouvoir de métamorphose. Un dieu en particulier, Curoi, a coutume d'apparaître sous des formes multiples : dieu effrayant d'une taille gigantesque, dieu du soleil et de la foudre, il peut cependant se montrer un hôte bienveillant. Dans le roman, le chemin de la fontaine est jalonné de « guides », le vavasseur hospitalier et le paysan monstrueux, qui pourraient être autant d'avatars de ce dieu multiforme. Quant au défenseur, Esclador, son arrivée tumultueuse évoquerait la tempête, et ses cheveux roux le soleil.

Si les légendes de fontaines aux fées abondent dans la tradition celtique, Chrétien a choisi de situer la sienne dans un lieu bien particulier, la forêt de Brocéliande. Peu importait que celle-ci fût située en Armorique, alors que la cour d'Arthur se tient habituellement en divers lieux de Grande-Bretagne : à aucun moment du récit on ne verra Yvain franchir la mer pour y parvenir. L'essentiel était d'évoquer une forêt qui appartînt à l'espace légendaire et imaginaire. Elle abritait la fontaine de Barenton, qui passait à cette époque pour avoir des vertus magiques : il suffisait de puiser son eau et de la répandre sur le « perron » pour déclencher la pluie.

Autre élément indiscutablement celtique, mais plus fugitif, l'évocation de l'Île aux Pucelles, dont seraient originaires les captives du château de Pesme Aventure. L'Autre Monde, féerique, toujours situé au-delà de l'eau, prend souvent la forme d'une île peuplée de femmes. Le caractère mythique de l'aventure est évident, avec le thème du tribut de jeunes filles à livrer à des monstres fantastiques, les fils du netun.

En dehors de ces thèmes spécifiquement celtiques, le roman laisse apparaître des motifs mythiques universels. Le combat du héros contre le monstre, qu'il s'agisse du géant Harpin ou des deux fils du netun, est toujours un combat des divinités solaires contre les forces souterraines, de la civilisation contre la barbarie. Quant aux objets magiques, ils sont, dans les anciens mythes, des talismans donnés au héros par une divinité bienveillante. On notera que, dans le roman, ils proviennent tous de figures féminines. Mais Morgane, à l'origine de l'onguent magique, a encore son statut de fée, alors que Lunette et Laudine, toutes deux donatrices d'un anneau, ont été largement humanisées.

La dame et la demoiselle

Nul doute que, dans la légende originelle, Laudine et Lunette aient été des personnages féeriques. On note en effet que la fée, dans les légendes celtiques, apparaît presque toujours accompagnée d'une ou plusieurs « fées secondaires ».

Mais la relation hiérarchique entre Laudine et Lunette a été, dans le roman, transposée dans le domaine social. Laudine est une « dame », terme qui s'applique, en ancien français, à une femme de la haute noblesse, qu'elle soit mariée ou non. On apprend effectivement qu'elle est la fille d'un duc, de qui elle tient un riche domaine, et qu'elle a des vassaux. Lunette est constamment désignée comme la « demoiselle », terme qui renvoie en général à une femme de la petite noblesse ; conformément à son rang, elle remplit auprès de la dame la fonction de suivante, et ici de confidente. On notera que cette différence hiérarchique est soulignée, dans le roman, par la teinte de cheveux qui leur est attribuée. Pour le Moyen Âge, la beauté idéale ne peut être que blonde : l'héroïne principale sera donc gratifiée d'une chevelure solaire. Ce n'est pas par hasard que l'héroïne secondaire est placée sous le signe de la lune, astre « secondaire », et dotée d'une chevelure brune.

La dame, dans la pensée médiévale, se caractérise avant tout par son pouvoir ; c'est le sens même du mot « dame », issu du latin *domina* (« maîtresse de maison », donc « celle qui commande »). Elle exerce ce pouvoir dans la société et également dans la relation amoureuse. Laudine correspond parfaitement à cette conception. Elle est la dame d'un domaine et en assume les responsabilités : elle doit prioritairement assurer la défense de la fontaine. En toute circonstance, elle se montrera consciente de son rang et soucieuse de sa dignité. On notera que chaque fois qu'elle laisse parler son cœur, elle a soin de se retrancher derrière un impératif moral : la protection de la fontaine, lorsqu'elle accepte de prendre Yvain pour époux, le serment sur les reliques, quand elle lui pardonne sa faute.

Ce personnage de la dame dominatrice, voire orgueilleuse, peut parfois sembler excessif au lecteur moderne. Il est cependant conforme à l'idéal de l'époque, qui s'exprime dans ce que l'on nommait « fine amor », littéralement « parfait amour » (expression souvent traduite en français moderne par « amour courtois »). La « fine amor » calque la relation amoureuse sur la relation vassalique : la dame est suzeraine et l'amant vassal. Elle est en position de supériorité et n'accorde ses faveurs que si l'amant les mérite par son dévouement, sa soumission et sa fidélité. Dans les romans, on verra le chevalier accumuler les exploits pour se rendre digne de l'amour de sa dame.

Cette « fine amor », qui s'exprime dans la poésie des troubadours et trouvères et dans les romans, est l'idéal que se donne une société aristocratique. C'est une construction de l'esprit qui n'a pas grand-chose à voir avec la réalité de l'époque, où la femme de haute naissance, même si elle dispose d'un pouvoir bien réel, n'a pas cette liberté de choix dans la relation amoureuse ou le mariage.

Amour et société

Les troubadours voyaient dans l'amour une valeur essentielle, permettant le plein épanouissement de l'homme. Mais cet amour, adressé à une femme mariée, devait rester secret, caché. La « fine amor », à l'origine, ne pouvait en effet concevoir l'amour dans le cadre du mariage. Celui-ci, à l'époque, était destiné à assurer une descendance et des alliances profitables. Il semblait donc peu propice à l'éclosion du sentiment amoureux.

Chrétien est le premier, dans ses romans, à peindre un amour qui s'épanouirait dans le mariage. Cette idée du mariage d'amour, banale pour la société occidentale moderne, est alors nouvelle. Elle constituera encore une revendication, au XVIIe siècle, dans les comédies de Molière ! Pas de contradiction, donc, pour Chrétien, entre amour et mariage ; bien au contraire, celui-ci permet l'insertion sociale de la passion amoureuse. Mais pas de naïveté non plus ! Les deux œuvres mettant en jeu cette problématique, *Érec et Énide* et *Yvain*, présentent la même structure : le couple amoureux se forme et se lie par le mariage dès le premier tiers du roman. Dans un conte de fées, les jeunes époux amoureux devraient alors « vivre heureux »... Il n'en est rien chez Chrétien : c'est précisément alors qu'éclate une crise profonde qui les sépare. Les époux ne se retrouveront qu'au terme d'une longue série d'épreuves qui auront permis à leur amour de mûrir.

Dans l'un et l'autre roman, la crise est provoquée par les exigences contradictoires de l'amour et de la prouesse chevaleresque. Ce conflit n'est pas futile : combattre est la fonction sociale du chevalier. Sa place dans la société en dépend. Dans *Érec et Énide*, nous voyons le héros, dans l'euphorie de la lune de miel, délaisser la vie chevaleresque. C'est son épouse, Énide, qui se fera l'écho de la réprobation sociale et l'obligera à reconquérir sa renommée initiale. Yvain, de son côté, tombe dans l'excès inverse : il délaisse sa dame après une semaine de mariage et, enivré par la gloire facile des tournois, il oublie son serment. Dans chacun des cas, les héros devront trouver un difficile équilibre entre la prouesse et l'amour. C'est à ce prix que la relation amoureuse peut s'intégrer dans une vie sociale et devenir un facteur de progrès moral pour l'individu.

Un idéal chevaleresque exigeant

Mais le roman d'Yvain ne met pas seulement en conflit la prouesse et l'amour. La prouesse elle-même va être remise en question. Combattre, certes... mais pour qui et pour quoi ? C'est le problème de la finalité de l'exploit chevaleresque, et donc de la fonction sociale de la chevalerie.

La première quête d'aventure mise en scène par le roman, celle de Calogrenant, illustre bien ce problème de la finalité de l'aventure. Le chevalier doit « errer » en quête d'aventures, qui lui permettront de « mettre à l'épreuve [sa] vaillance et [son] courage ». Cette quête n'est-elle pas un peu gratuite ?

Lorsque Yvain tente avec témérité l'aventure de la fontaine, il le fait avant tout pour sa gloire personnelle et parce qu'il a été blessé par les sarcasmes de Keu. La vie chevaleresque que lui proposera Gauvain est encore plus superficielle : le tournoi est la forme la plus gratuite de l'exploit chevaleresque. C'est au profit de cette gloire facile qu'Yvain délaisse sa dame, et l'obligation contractée de défendre la fontaine.

Cette conception assez superficielle et mondaine de la chevalerie s'incarne dans le personnage de Gauvain. Chrétien se garde bien de disqualifier un héros aussi célèbre : sa vaillance et sa courtoisie proverbiales ne sont pas mises en doute. Mais Gauvain, qui apprécie toutes les femmes, n'est capable d'en aimer aucune, et il fait un piètre conseiller : sous son influence, Yvain sera entraîné à trahir sa parole. Quant à aider les femmes en détresse... Chrétien nous le montre brillant par son absence quand il faudrait secourir sa famille menacée par Harpin, ainsi que Lunette, à qui il avait pourtant promis son aide. La seule femme qu'il défendra sera bien sûr la « mauvaise » demoiselle de Noire-Épine !

À l'inverse de Gauvain, personnage statique dont la perfection montre ici ses failles, Chrétien nous peint avec Yvain un être en évolution. L'Yvain du début, brave et prompt à s'enflammer, mais inconséquent et léger, capable de se satisfaire d'une prouesse teintée d'égoïsme et de vanité, va laisser la place à un autre homme. Le nouvel Yvain, qui se forge à travers la souffrance et les épreuves, va entreprendre des combats différents. Il réparera les conséquences tragiques de sa légèreté en sauvant Lunette du bûcher ; il défendra des femmes en détresse, menacées, spoliées ou exploitées, comme la dame de Noroison, la demoiselle de Noire-Épine ou les captives du château de Pesme Aventure. Tous ces combats se livreront au nom du droit, faisant de lui un véritable héros justicier.

Il illustre ainsi une conception christianisée de la chevalerie, qui trouve sa raison d'être dans la défense des faibles et des opprimés, au sein d'une société violente. C'est ce nouvel idéal qui s'exprime dans son pseudonyme de Chevalier au Lion.

Le chevalier et son lion

Le lion est un élément central du roman, auquel il donne son véritable titre. Élément d'intrigue essentiel, puisqu'il fournit au héros un pseudonyme qui lui permettra de garder l'incognito. Chrétien joue en maître de toutes les possibilités fournies par cette situation d'incognito. Le combat entre deux amis qui ne se reconnaissent pas et surtout le dialogue entre Laudine et Yvain, où s'ajoute au masque du héros celui du langage à double sens, sont des chefs-d'œuvre de virtuosité.

L'anonymat et la prise de pseudonyme d'Yvain ne sont cependant pas un pur artifice d'intrigue. Le héros perd son nom ou refuse de le donner parce qu'il est devenu Yvain le traître, le parjure. Il ne pourra redevenir lui-même qu'après une expiation, représentée par la folie, et une reconquête de soi, sous le pseudonyme provisoire de

Chevalier au Lion. Et le nom adopté va avoir une valeur d'emblème, en raison de la symbolique qui s'attache au lion dans l'imaginaire médiéval.

On ne peut comprendre l'épisode de la rencontre avec le lion si l'on se borne à une approche réaliste. Il est évident que l'animal n'existe pas à cette époque dans les îles Britanniques ou en France. Même si les chevaliers chrétiens ont pu en rencontrer au Moyen-Orient ou en Afrique lors des croisades, le Moyen Âge connaît essentiellement le lion par une tradition héritée de l'Antiquité classique, elle-même relayée par les *Bestiaires*, vastes recueils qui reflètent une approche plus symbolique que scientifique du monde animal. Le lion, dans tous ces écrits, est paré des plus hautes vertus : son courage et sa générosité font de lui la plus noble des bêtes, le roi des animaux selon la tradition antique. Symbole royal, et parfois même symbole du Christ, il sera souvent pris pour emblème et fleurira sur les armoiries des plus nobles lignages. À la même époque, le roi Richard Ier d'Angleterre, fils d'Aliénor, sera surnommé Cœur de Lion.

Le combat entre le lion et le serpent est essentiellement un affrontement symbolique entre le bien et le mal. Face au lion se dresse le serpent, dans lequel le Moyen Âge voit une figure diabolique, conformément au livre de la *Genèse,* dans la Bible. Au centre exact du roman, le héros est donc placé devant un choix moral crucial dont va dépendre tout son avenir. Le choix du lion, qui deviendra son emblème par l'adoption de son nouveau nom, place Yvain sur la voie de la rédemption.

Mais le lion n'a pas seulement dans le roman une valeur de symbole. Chrétien de Troyes s'est plu à décrire, parfois avec humour, son compagnonnage avec le héros. S'il en use avec talent, ce n'est pas lui cependant qui a inventé cette fable du lion reconnaissant. L'anecdote du lion d'Androclès figure dès le IIe siècle après J.-C. chez l'auteur latin Aulu-Gelle. On la trouve, considérablement embellie, dans les recueils d'histoires édifiantes du Moyen Âge : le lion délivré du serpent par un chevalier, la gratitude de l'animal chassant pour son bienfaiteur et veillant sur son sommeil, ce sont les données qu'exploite le roman. Cet épisode du lion met bien en évidence la manière de Chrétien qui, sans renoncer à la valeur symbolique d'un thème, peut le mettre en œuvre de façon enjouée, teintée d'humour.

L'art de Chrétien de Troyes

La palette dont use l'auteur n'a jamais été aussi variée.

Au merveilleux issu de la tradition celtique se mêle parfois un « réalisme » inattendu. L'épisode du château de Pesme Aventure en offre un exemple frappant. Chrétien s'inspire d'une légende celtique où le roi de l'Île aux Pucelles devrait fournir un tribut de jeunes filles, des fées à l'évidence. Mais il combine cette donnée parfaitement mythique à une description très réaliste de l'exploitation de malheureuses ouvrières. Il existait bel et bien à l'époque des ateliers seigneuriaux où des femmes de serfs, soumises à la corvée du tissage, devaient offrir un spectacle pitoyable. Même mélange avec l'évocation des fils du netun, créatures fantastiques s'il en est ! On a découvert que leur équipement bien particulier était celui des « champions » des combats judiciaires, lorsqu'ils n'appartenaient pas à la chevalerie.

C'est l'ensemble du roman qui parfois fait alterner et parfois mélange sujets graves et narration plaisante.

L'histoire d'amour d'Yvain n'est pas prise à la légère : elle le conduit jusqu'à la folie, décrite comme un retour à l'état sauvage. Le héros amnésique, ayant perdu les codes alimentaires et vestimentaires de l'être humain, erre nu dans la forêt, où il chasse et se nourrit de façon bestiale. Autre état paroxystique où conduit l'amour : le désespoir suicidaire qui saisit Yvain quand il retrouve à la fois la fontaine et la mémoire. Mais c'est justement là que Chrétien ne craint pas d'intercaler la tentative de suicide du lion, qui ne peut que faire sourire !

La peinture de l'amour est loin d'être constamment tragique, et l'auteur projette un regard amusé sur Yvain, qui, de prisonnier involontaire, devient prisonnier d'amour. Il se plaît à souligner le contraste entre les grands sentiments qui l'enflamment et la promptitude avec laquelle il pourra oublier sa dame et son serment. Contraste aussi entre le désespoir de Laudine à la mort d'Esclador et son enthousiasme à accueillir le vainqueur. Le défunt tant pleuré sera vite oublié ! On a parfois parlé d'antiféminisme à ce sujet, mais son ironie porte aussi bien sur le héros que sur l'héroïne. Il s'agit plutôt d'un peu de scepticisme amusé devant les passions et la versatilité de l'âme humaine.

Ce regard malicieux sur le couple formé par les amants s'incarne volontiers dans le personnage de Lunette. La vivacité, la ruse et l'enjouement de la suivante animent de véritables scènes de comédie, comme celle où elle persuade Laudine d'épouser le meurtrier de son mari. C'est encore elle qui préside au dénouement et jette un regard final attendri sur les héros enfin réunis.

Table

Composition JOUVE – 62300 LENS
N° 1015298e
Imprimé par CAYFOSA QUEBECOR à Barcelone (Espagne)
Dépôt éditeur n° 66394
32.10.1178.6/01 - ISBN : 2.01.321178.3
Loi n° 49-956 du 16 juillet 1949 sur les publications destinées à la jeunesse
Dépôt légal : janvier 2006